河出文庫

母ではなくて、親になる

山崎ナオコーラ

目次

母ではなくて、親になる

目次イラスト／ヨシタケシンスケ

1　人に会うとはどういうことか

人に会いたい、人に会いたい、と思って生きてきた。

なぜ赤ん坊を育てたいのか？　その問いについて深く考えることのないままここまで来てしまったが、寂しいからと子どもを欲しがってはいけないのは重々承知しながら、やはり寂しさから逃《のが》れたかった。

大きくなったら遠く離れていってしまう存在だとはわかっているが、自分の側《そば》で燃え上がってくれる小さい人間とほんのひとときでも過ごせたら、その思い出だけであとの人生も生きられるのではないか。おばあさんになったとき、「そういえば、昔、赤ん坊の世話をしたなあ」と目を閉じたりなんかして……。

思い起こせば、独身のときから子どもは育てたかった。

大学を出て、三年ほど会社員をして、二十六歳で作家になった。もともとぶすでモテなかったが、作家になってからはもっとモテなくなった。子どもが産めるなら産みたかったが、相手がいないのにどうやって産んだらいいのかわからなかった（ときどき、「女性の社会進出によって少子化が進んだ」「『仕事のキャリアを築くことより、子どもを産むことの方に価値がある』と若い女性が考えを改めれば高齢出産は減る」といった声を聞くが、それは、「若い女性というものは、仕事さえしなければ子どもを産める」「女性の考えだけで少子化や妊婦高齢化が進んでいる」ということなのだろうか。その辺《あた》りがよくわからない。つまり、「子どもを欲しがらない男性を騙《だま》し、女性ひとりの判断で勝手に子どもを作って産み育てる」、「今の日本は大黒柱ひとりで家庭を運営することが難しい経済状況だが、女性はキャリアを築くことは意識せずに簡単な仕事をするようにし、生活水準をぎりぎりまで落とし、子どもの進学の可能性は考えずに見切り発車で産む」といったことが推奨されているのだろうか。「育児資金がない場合、女性は仕事の勉強をするより化粧の勉強をした方が子どもを産《う》み易《やす》くなるはずだ」といった矛盾することを社会から言われているようで、私には理解が難しかった）。

　そうして、子どもの産み方がわからないまま、三十歳を越えた。

　三十三歳になって、やっと、「町の本屋さん」で働く書店員と結婚した。私より一歳上の、優しく、可愛らしい夫だ。結婚してみたら、夫は経済力も生活能力も低く、私が夫の世話を焼くシーンが増えていき、それが意外と楽しかった。「自分は世話好きかもしれない」と思った。夫に自分が稼いだ金を遣ったり、夫に「これを着な」「これを食べな」と服や食べ物を用意したりすることに、喜びを感じた。子どもの世話も、きっとできる、と思った。

ただ、私は子どもを産みたかったが、子どもと仲良くなることは下手《へた》だ。親戚の子どもと会うとき、どう喋《しゃべ》りかけたら良いのかわからない。子どものいる場に行くと、まごついてしまう。私は大人とだって、付き合うのが苦手なのだ。友人と会うとき、リーダーシップを取ったり、気遣いをしたりはまずしない。どちらかというと、みんなから気遣ってもらいながら生きてきた。甘えていて、責任感に乏《とぼ》しい。だから、私の母や妹や友人たちは、私を世話好きだとは見ておらず、子どもをちゃんと育てられるのか、と不安に思っているようだ。「どんな風に子どもと接しているの？」とよく聞かれる。

けれども、私が世話好きというのは、本当にそうだろうという感じが今もしている。他の人から見てとれるような「子ども好き」という雰囲気は私にはないかもしれないが、私みたいに内向的な世話好きもいるのだ。

今、私の前には二ヵ月の赤ん坊がいる。

赤ん坊のうんちを拭《ふ》き取《と》ったり、耳掃除や鼻掃除、爪切《つめき》りをしたりしていると、ふつふつと喜びが湧《わ》いてくる。今のところ、おむつ替えや授乳を面倒に思ったことは一度もない。赤ん坊のために金を払うのもわくわくする。なんでもやってやろうと思う。

歌も歌う。ただ、私は声が低い。この間、「ドはドーナツのド、レはレモンのレ……」と『ドレミの歌』を赤ん坊に向かって歌ったのだが、「ソは青い空」のところで声ががさがさになり、喉《のど》が痛くなった。子守歌を歌うときも、声が掠《かす》れる。映画やドラマなどで、主人公が子ども時代を回想するシーンになると、母親が美しいソプラノで子守歌を歌うような音声が流れることがあるが、ああいう風にはまったくならない。『ゆりかごのうた』も『シューベルトの子守唄』も、がさがさの低音だ。それに、歌詞があやふやで、同じ言葉を何度も繰り返したり、勝手に創作したりしていて、非常にくだらない歌になる。

でも、いいや。

私は赤ん坊に対しても、自分らしくないことをする気はない。母親っぽい声は出せなくていいや、と思う。

妊娠中に、「母ではなくて、親になろう」ということだけは決めたのだ。親として子育てするのは意外と楽だ。母親だから、と気負わないで過ごせば、世間で言われている「母親のつらさ」というものを案外味わわずに済む。

母親という言葉をゴミ箱に捨てて、鏡を前に、親だー、親だー、と自分のことを見ると喜びでいっぱいになる。

親になれるなんて、とてもラッキーだ。私が赤ん坊と過ごせるなんて、信じられないくらいだ。自分に世話役がまわってきてありがたい。

人付き合いが下手でも、人に会うのは好きだ。人に何かしてあげる役回りが自分に巡ってきたことが、とにかく嬉《うれ》しい。

赤ん坊に初めて会ったときは、胸がいっぱいになった。

やはり、生まれてから赤ん坊に会った感覚がある。腹にいるときも身近だったし、見えなくても存在していると信じてはいたが、会ってはいなかった感じだ。

正直なところ、腹の中にいるとき、赤ん坊は可愛くなかった。

健診に出かけて病院のエコーで見る赤ん坊は、医者でなければどこが頭でどこが足なのかもわからないグロテスクなものだった（今は3Dで見られるエコーもあるらしいが、私の通っていた病院のエコーは旧式のもので、平面的な画像だった。生まれる直前でも、顔や足はよくわからなかった）。出産直前になると胎動を感じるようになったが、私は神経が鈍《にぶ》い性質なのか、「蹴《け》られた」だとか、「手だ」だとか、はっきりしたことは認識できず、「もしかしたら、今、腸ではなくて子宮が動いたかもしれない。だから、赤ん坊が生きているかもしれない」という程度の感じ方だった。無事に生まれてくるのかどうかがとにかく心配でたまらなく、妊娠中に嬉しさが込み上げてくるようなことはまるでなかった。会っている感覚がなかった。外に出てきてくれて、顔を見て握手したときに、会えた、と思い、ああ、たぶん、これから当分は生きていてくれる、とほっとし、喜びに打ち震えた。

生まれた赤ん坊を病院から連れて帰り、ベビーベッドに寝かせたとき、ぽうっと部屋が明るくなったような気がした。赤ん坊は灯《あか》りのようだ。周《まわ》りを照らす。

夫も喜んでいた。

夫は、子を持つことを結婚当初は躊躇《ためら》っていたようだった。子どもが大人になるまで責任を持ち続ける、ということを重く捉《とら》えていたのかもしれない。「自分に育てあげられるだろうか」と不安があったのだろう。それで、「二人で暮らしていても楽しい」と私に言ってくれていた。でも、もともと子どもの相手は得意なようで、親戚の子どもと遊ぶとすぐに懐《なつ》かれるし、働いている書店で子どもに喋りかけるときの声は自然だ。私よりもずっと子育てに向いているように見えていた。赤ん坊が家にいるようになったら、案の定、ものすごく可愛がり始めた。

夫に負けずに、私も可愛がる。

赤ん坊は可愛いものだということはこれまでいろいろな場所で何度も耳にしてきたので、そうなのだろうなと想像していたが、ここまで可愛いとは思っていなかった。

今は、三時間おきに授乳をしている。すると、授乳時間が待ち遠しくなる。二時間半ほど経《た》つと、ベビーベッドの前に行って、早く泣き出さないか、と期待しながら、じっと見る。

空腹を訴え始めたら、服のボタンを外して右の乳首をふくませる。ある程度の時間が経ったら、赤ん坊を反対にして、今度は左胸を出して授乳し、縦に抱っこしてゲップを出させる。一連の作業が面白くてたまらない。

ぐずぐず泣いているときは、しばらくそのまま抱っこし続ける。

赤ん坊の頭から素敵な匂いが上がってくる。

焼き立てのクッキーのような甘い匂いだ。鉄の匂いもほのかにする。

すごく素敵な匂いで、いくら嗅《か》いでも嗅ぎ足りない。抱っこしているときに何度も頭に鼻を近づけてしまう。大人のような汗臭さはない。

赤ん坊の匂いがする香水があったら、自分にも振りかけたいくらいだ。

生まれてくるとき、赤ん坊というものは頭を細長くして産道を抜けるらしい。そのため、生まれたあともしばらくは頭蓋骨《ずがいこつ》の割れ目がぴったりくっついていないみたいだ。帝王切開だった私のところの赤ん坊は頭を細くしなかったと思うが、赤ん坊というものはみんなそういう仕組みになっているらしく、やはり頭が柔らかい。頭頂部に骨のない部分があり、その柔らかい場所だけが脈拍と共にぺこぺこ動く。つむじとおでこの間ぐらいのところが、ぺこぺこぺこ絶え間なく動いている。大泉門《だいせんもん》という名前がついている箇所らしい。

抱っこして、そのぺこぺこぺこを見ていると、本当に飽《あ》きない。

地球上に人がひとり増えたのだ。ぺこぺこぺこぺこ……。

これを機に赤ん坊のエッセイを書こうと思う。特別な赤ん坊でも、素敵な親でもないが、正直に書くように、そして面白い文章になるように、努力したい。

ただ、書くことはすべて正直でも、書かないことは書かないようにしよう。たとえば、赤ん坊の性別については書かないことにする。性別は赤ん坊側のプライバシーのような気がするからだ。

生まれたときの体つきによって病院で性別を判定されたが、将来、本人が今の性別とは違う性自認を持つ可能性もあるし、自身の性別について大人になったときの本人がどのような考え方をするか、今の私には想像がつかない。だから、私が先走って断定的な文章を書かない方がいいかな、と考えた。

性器について書くおりに性別がぼんやり伝わるかもしれないが、逆に言えば、性器の描写をするときぐらいしか性別を書かないことが問題になりはしないのではないか。

私は小説を書いて活動をするとき、自分の性別は公表していないつもりでいる。小さい頃から「作家」になりたかった。それで、小説が出版されたとき、「作家」になれたと嬉しくなった。だが、どうも馴染《なじ》めないことが起きた。「女性作家」という職業に就《つ》いたつもりはないのに、「作家」ではなく、「女性作家」として社会の中で扱われてしまう。辟易《へきえき》した。「あ、でも、性別は公表していないんです」というタテマエを持つようにしたら、少しだけ楽になった。性別は隠すほどのことではない。でも、公表するほどのことでもない。

赤ん坊のことでも、別に性別を絶対に隠したいというほどの思いは持っていないので、なんとなくばれていくのはかまわないのだ。でも、あとで伝わるにせよ、最初に書く必要はないのではないか、と、その程度の気持ちがある。

私自身、生まれるまで赤ん坊の性別を知らなかった。赤ん坊の情報は、「障害」についても性別についても妊娠中は知らないで過ごすことにしようと夫と話し合ったので、医者にその旨《むね》を伝え、そういった情報はすべて生まれたあとに知った。まっさらな状態で人に会い、親になった。どんな文章が書けるか、自分でも楽しみだ。

2　同じ経験をしていない人とも喋りたい

　この赤ん坊の姉か兄かというような存在があって、二年前、私は三十五歳のときに流産を見た。

　流産は「よくあること」と、よく言われる。

　実際、私の周《まわ》りにも流産経験者はとても多い。妊娠から出産までの過程において、かなり高い確率で起こることなのだ。

　そのため、「流産になってしまって……」と打ち明けたときに、「私も経験がありまず」と返ってくることがあった。

　世の中には、「流産したことは、あまり口に出すべきではない」という暗黙の了解があるみたいだ。話し出すとどうしても暗い流れになってしまうし、それを受けてどのように反応すれば良いかと相手が困ってしまうかもしれない。だから、遠慮して口を噤《つぐ》む。あるいは、自分としても言葉にするのがつらいので黙っていたい、という人もいるかもしれない。とにかく、普段、あまりオープンにされていない事柄《ことがら》だが、こちらが流産を経験すると、「実は私も……」と何人かが打ち明けてくれ、「そうだったんだ……」と初めて知った。つまり、「流産経験者同士では、話しても良い」という暗黙の了解もあるようだ。

ちょっと思ったのは、「でも、流産経験者同士だからって、何かをわかり合えたり、同じ思いを抱いたりということはないな」ということだ。

私の悲しみは私の悲しみで、相手の悲しみは相手の悲しみだ。似た経験でも、同じではない。

流産とひと口に言っても、様々なものがある。

私の場合は妊娠初期の稽留流産《けいりゅうりゅうざん》で、妊娠を知って喜んで過ごしていたところ、途中で成長が止まって腹の中で亡くなったことを病院で告げられ、手術を受けた。堕胎と同じような手術ということにショックを覚えた。赤ん坊の服などを少し買っていたが、ベビーベッドの手配などの本格的な準備はまだ行っていなかった。

妊娠後期の場合、死産となって、通常と同じようにして出産しなければならないこともあるようだ。産声《うぶごえ》を聞けない出産は、とてつもなく苦しい体験になるだろう。すでに胎動を感じていたり、赤ん坊を迎える部屋作りを始めていたりしたら、なおのこと大きな悲しみが押し寄せてくるに違いない。

超初期の生化学的流産というものもある。現代では妊娠検査薬で妊娠を確かめる人が多いのだが、陽性反応を確認したあとに、いつもより少し遅れて次の生理が普通に来る。病院で初めて妊娠を知っていた時代では、認識されることがなかった流産だ。

また、悲しいことに、何度も繰り返して流産を経験する人もいる。

しかし、これらの様々な流産を比べる必要はあるだろうか？

流産の半年後に、私は父を病で亡くし、「ああ、『流産は私が今まで生きてきた中で一番悲しい出来事だ』と思っていたけれど、さすがに父との付き合いの方が長かったから、父が死んだことの方が悲しいなあ」とぼんやり考えたのだが、すぐに、「でも、べつに比べることじゃないよな」と打ち消した。

流産の種類によって、苦しみの度合いも違うだろうが、比べたところでなんにも楽にならない。感受性も考え方も人の数だけあるから、どれくらいつらいかは本人にしかわからない。その人がそのときに感じていることがすべてで、他の人の経験や、自分の別の体験と、いちいち比べて認識する必要などない。

「よくあること」という言葉は、喪失体験にまったく効《き》かない。

ただ、わかり合えないし、比べる必要もないから、話す必要がない、と私が考えているかというと、そうでもないのだ。

わかり合えなくても話していいんじゃないか。そんなことを思う。

そもそも、会話って、わかり合うためだけにしているんだっけ？　と疑問だ。「似た経験をした同士で、わかり合おうとするのが会話だ」と思い込んでいたら、外国の人と話すことなんてできない。「理解し合えないまま、ただ会話を続ける」ということが許されるようになれば、外交も上手《うま》くいくんじゃないか。そんなことも思う。

つまり、流産経験者同士でなくても、流産の話をしていいのではないか、ということだ。

私が流産の話をしたいのは、わかって欲しいからではない。理解などいらない。聞いてもらえたら、それだけで嬉《うれ》しいのだ。とんちんかんな反応を返してきてもいい。私を傷つけても構わない。

確かに、経験や知識のある人は、会話の中の地雷を避《さ》けるのが上手かもしれないし、余計な説明を求めないで聞いてくれるかもしれない。でも、地雷を踏まれても、説明を詳《くわ》しくさせられても、私は話したいと思う。少しくらい暗くなっても、おかしな反応を返されても、いいんじゃないか。

まあ、こういったことは、私が流産について話したいから思うことにすぎず、言葉にするのがつらい、黙っていたい、という流産経験者は、もちろん、口に出さないのが良いに決まっている。

だが、話したい人は、相手の経験の有無を気にせずに、話してもいいんじゃないかな、と私は思った。

それは、出産の話題でもそうで、「出産経験がある人同士に限っては、出産の話をずけずけ言い合える」と思われがちな気がする。

でも、出産していない人にも出産の話を、私はしたい。出産していない人が出産についてアドヴァイスをくれたり意見してくれたりもあるはずだ。

そうして、今、私は育児エッセイを書いているが、読者の育児経験の有無によって、文章の読みが変わるということはない、と思っている。もし、ただ経験と照らし合わせるためだけに文章というものが存在するのならば、文章を書くのはなんとつまらない行為だろう。

私は、今のところ、赤ん坊との暮らしが楽しくてたまらなく、大変さを味わっていない(これから味わうのかもしれない。夜泣きの時期や、イヤイヤ期に苦しくなるのかもしれない。あるいは、十代の思春期にものすごく大変になるかもしれない。ただ、今はつらくない)。とにかく、赤ん坊がうちに来る前に、いろいろな本や雑誌で、「育児は大変」「育児は孤独」と目にし、「特に出産後三ヵ月は地獄だよ」「最初の三ヵ月の中で一度は憂鬱《ゆううつ》な夜が来るよ」「産後うつもあるよ」というのも聞いていたので、「あれ? 全然そんなことないな。面白いだけだな」と驚いている。でも、こういう私の文章を読んで、決して、「私も赤ん坊がいるからナオコーラの真似《まね》をしてみよう」「ナオコーラが大変じゃないって書いているから、うちの奥さんも大変じゃないのだろう」なんて、思わないで欲しい。

赤ん坊の個性も色々、家庭の事情も様々、職業の種類も別々なわけで、それなのに、「同じ親だから」と同じように子育てをして、同じような感じ方をするなんてできるわけがない。

もちろん、「同じ女性だから」というのもない。

そもそも私は、「女性のために」と思って文章を書いたことがない。女性を代表して意見や感想を書く気など毛頭《もうとう》ない。

作家活動を行っていて、「女性作家」として扱われるのが嫌だな、と感じる理由のひとつに、「女性として男性に言いたいことがあるから文章を書いている」と思われている節があることだ。私は男性に言いたいことなどない。テレビの中では男性はぶすに意地悪だが、普段の生活では男性は意外とぶすに優しい。私はこれまで、たくさんの男性から親切にされてきた。男の人とも、いろいろな会話ができる。だから、女性を代表するのではなく、ひとりの人間として相手に向かい合って、普通に話したい。それから、「同じ女性として……」と女性同士でばかり話す気もない。もちろん、女の人とも話したい。でも、同じだから、という気持ちなど微塵《みじん》も持たずに話したい。「同じ親として……」という定型フレーズがあるが、私はこれもどうも馴染《なじ》めない。このフレーズを聞くと、「親ではない人は、子どもに関する喜びや悲しみ、教育問題、子育ての悩みなどには、寄り添えない」というイメージが湧《わ》いてしまう。親同士だからわかる、という感覚が持てないし、親ではない人も話を聞いてくれたり意見を言ってくれたりする、という強い思いが私にはある。

子どもにまつわる悲しいニュースがテレビや新聞に溢《あふ》れている。そんなとき、子どもの心に寄り添えるのは育児経験の有無に関係がない。子どものいない子ども好きの友人の方が、私よりもずっと子どもの心を想像している。

私には赤ん坊がいるが、あいかわらず他の子どもと接するのは苦手で、子どものいる場所に出かけたとき、やっぱりまごまごしてしまう。育児をしたことのない友人の方があやすのが圧倒的に上手い。

世界のあちらこちらに苦しい思いをしている子どもがいる。寄付をしたり、ボランティアをしたりして支えている友人もいる。親ではなくても、子どもを育てる力のひとつになっている。

それから、赤ん坊がいるからといって、後生《こうせい》のことを考えているとは限らない。会社で後輩の育成に努めている人の方が、「未来の社会を作ること」に意欲的だ。「親」か「親でない」か、と分けてコミュニケーションを取ろうとするとこぼれ落ちてしまうことがたくさんあって、とてももったいない。

相手の経験の有無で話題を変える必要なんてない、と、やっぱり思うのだ。

3　社会を信じる

三十五歳で流産して、その一ヵ月後に父親にがんが見つかった。父は四ヵ月の闘病生活をしたあとに死んだ。その看取《みと》りは楽しかった。

毎日、病院へ出かけた。父は、髭《ひげ》を剃《そ》り、顔を洗い、手足のマッサージをして、父との濃密な時間を過ごした。父は、私が髭を剃っている間に亡くなった。私はその瞬間に気がつかなかった。おかしいな、と思って看護師を呼んだら死んでいた。

でも、「父は人生に満足していたのではないか」と私は思っている。他の人は、「まだ若い」だの、「もっと長く生きたかったはず」だの、「もっと早くがんが見つけられていたら」だの、「他の治療法を試していたならば」だのと言う。まあ、もっと長く生きたかったのは確かだろうが、命の長さは人それぞれだし、好きなお菓子や果物やマグロを食べ、好きな仕事をして、家を建て、夫婦仲も良く、娘二人も立派に育ち（笑）、そんなに不満を持たなければならないような人生ではなかったと思うし、父本人が、他の人が言うほどにいろいろ悔《くや》しがっていたとは、私には感じられない。最後の闘病だって、痛かったり苦しかったり恥ずかしかったりはしただろうが、自然の摂理を知っている人だったし、仕方がないとも思っていたのではないか。また、治療が間違っていたとは私は思わない。今の時代に、すい臓がんに対してできることは、そんなにたくさんはない。他人のがんの話を聞いて、治療経過をつき合わせて、「あの人みたいにやっていたら、もっと長く生きられた」だとか、「あの人よりはましな治療をした」だとか、そんなことをくよくよ考えてなんになるのか。父はオンリーワンなんだから、精一杯やった、十分生きた、と考えて何が悪いのか。

ただ、しばらくは暗い気持ちだった。見舞いが楽しかったので、見舞い生活が終わったのも寂しかった。

親を亡くした多くの人がそうだと思うのだが、しばらくの間、父の夢を見続けた。

その頃、「三十五歳から子どもを持つのが難しくなる」という記事をインターネットや雑誌でよく見かけた。まあ、自分が三十五歳だから目についたのかもしれない。それでも、私は子どもが欲しいと思ったらすぐに自然妊娠できたわけだし、流産したあとすぐに再び妊娠する人は多いと聞くし、そこまで大変ではないのではないか、と高を括《くく》っていた。

父の闘病の間は、妊娠しようとしていなかったので（妊娠したら、うちから遠い病院に毎日通うのは難しいし、まだいない子どもより、目の前の父の方が大事だと思った)、死んでしばらくしてから、また妊娠を考え始めた。

友人から、「子どもが欲しい場合、三十代になったら一ヵ月でも早く妊娠するように努力した方がいい」「とりあえず、不妊治療をやっている病院へ行ってみるといい」という話を聞いていた。

私は、不妊治療を行う病院というのは、病気や「障害」など、子どもが欲しくても授かれない明らかな理由を持つ人が行くところだ、という認識を最初は持っていた。でも、「とりあえず」で病院に行っていいものだとわかってきて、自然妊娠を一度しているのだから大丈夫だろう、と考えながらも、まずは行ってみることにした。

流産をして、父を亡くして、心の穴を埋めるために子どもを欲しがってはいけないとはわかっていたが、猛烈に子どもに会いたい、このまま寂しい生活をし続けたくない、と胸を掻《か》きむしりたくなる夜があった。何かしらの努力で子どもに会えるなら、努力をしないわけがなかった。もともと、「自然に授かるのを待ちたい」「神のみぞ知るということで、自然に恵まれなかったらあきらめる」といった、医療を拒む思いを私は持っていなかった。父の入院生活を見てきて、病院というところや、医療というものに、良いイメージを持つようになっていたし、「自然」になどこだわらずに、やれる努力を全部やってみたかった。

高度医療をできるだけ避《さ》けたい気持ちはもちろんあるが、「本来は競争に勝った強い精子だけが受精する権利を持つはずだ。競争をしていない精子にはその権利がない。淘汰《とうた》されるはずだった精子と卵子を人為的に受精させるのは問題だ」という論理には、自分はどうも馴染《なじ》めない。

なぜ馴染めないのか。私は若い頃は上昇志向が強く、たとえば、「お笑い芸人さんみたいに、家賃を上げて自分にプレッシャーをかけたい」と住居を少しずつ都心に近づけていった。しかし、結局はブレイクせず、文学賞とも縁がなかった。そして、結婚相手は「町の本屋さん」の書店員だ。夫は、見た目も性格も人に勝つタイプではない。一般的に言われているような、「男性としての強さ」や「男らしい魅力」を備えていない。兵士として戦争に連行されたら、真っ先に殺されるタイプだ。でも、素晴らしい人だと私は感じる。かけがえのない魅力がある。そもそも、競争というものに興味がなく、別次元で生きる人だ。結婚後、今度はむしろ独身時代よりも家賃を下げ、都心からどんどん離れた。夫と暮らすうちに、私は考えが変わってきた。競争で勝つことも確かに素晴らしいだろう。猫のように、強いオスとのみセックスする世界も実際にある。でも、人間の世界はそれだけではない。世界から、競争に勝つことだけでなく、多様性を大事にすることも求められていると私は感じる。多様性の肯定のために、弱い人も変わった人も世界に必要だ。大ヒットする本だけでなく、少部数の本の出版も、多様性の肯定のために必要なのと同じだ。いろいろな人が必要なのだ。と考えると、「競争に勝っていない精子には受精の権利がない」というのが、どうも腑《ふ》に落《お》ちない。

もちろん、これは私が考えたくだらない論理なので、「自然界はそんな論理で回っていない」と思う人もいて当然だと思う（というか、そう思う人が正解で、私は間違っているのかもしれない）。ただ、間違っているとしても、私の場合は、「馴染めない」と感じたし、「自然」にこだわることはない、という気持ちになったのだった。

インターネットで検索して、人気のある病院へ行った。待合室にたくさんの患者が溢《あふ》れていた。技術の高い病院なのだろう。ただ、看護師も医師も、私からすると冷たく感じられた。まあ、病気ではない患者たちなので、通常の病院とは雰囲気が違うのは仕方ないかもしれない。あとは、焦《あせ》っている人が多いから、病院側からすると、「面倒な患者」と感じられる人がいるのかもしれない、それで対応が冷たくなるのかもしれない、とも想像した。とにかく、私からすると、上から喋《しゃべ》られるというか、「『子どもを欲しがっている人に、子どもを恵んであげよう』と思われているのかなあ」と感じてしまうことが何度かあった。私は通院がつらかった。でも、ここは我慢のしどころなのではないか、と考えた。病院には技術だけ求め、勉強や判断は自分で行おう。

最初は検査を受ける。子宮や卵巣の状態を見た。夫も検査した。その結果、私にも夫にも、大きな問題は見つからなかった。卵巣年齢は、実年齢よりも若かった。結果の紙を見て、ほっとしていたら、

「でも、実年齢が、三十五歳以上ですから」

と医師が言った。年齢だけで高度医療を受けていいのならば、やってみよう、と思った。


現在の日本で不妊治療を受けて子どもを授かろうとする場合、タイミング法、人工授精、体外受精、顕微授精と、少しずつ高度な医療にステップアップしていくことが多い（興味のある方は、それぞれがどのような方法か、自分で調べてみて欲しい）。「タイミング法を半年やってみたけれど、妊娠しなかったから人工授精に進んでみよう」「人工授精も半年結果が出なかったから、体外受精に進んでみよう」と進めていく。しかし、高度医療に抵抗感を持つのは当たり前だ。「子どもが欲しいけれど、そこまでしたくはない」「費用がかかりすぎるのが問題だ」「人工授精までは抵抗がないが、体外受精以上は神の領域に踏み込んでいる気がする」と考える人もいるみたいだ。また、顕微授精によって生まれた赤ん坊と自然妊娠によって生まれた赤ん坊にはまったく違いがなく、大人になるまで問題なく成長していることが確認されているのだが、

現時点ではまだ歴史が三十年に満たないほど浅いので、次世代まではチェックできていない、ということがある。それで、不妊治療を受けている人でも、タイミング法を数年続けて、それ以上の医療の介入は避ける、という人も多い。

私の場合は、本やインターネットで調べて、考えた結果、「迅速《じんそく》にステップアップしよう」と思った。もちろん、医療の介入は最小限にとどめるのが望ましいに決まっている。でも、自分は高度医療に対する抵抗感が少なめで最終的にはなんでもするつもりだ。どうせ行うのならば、一ヵ月でも若い卵子の方が上手《うま》くいく可能性が上がるかもしれない。金もかからない。三十五歳で、ちんたらやっていられない。歴史が浅いとしても、どんな医療だって歴史の洗礼を受けていない時点でのチャレンジを行う人がいるものだ、と考えた。夫も、ほぼ同意見だったので、進めることになった。

また、マンガ家の花津《はなつ》ハナヨさんの『花津ハナヨの妊活→出産一直線！』（祥伝社）というエッセイマンガを読んだ。三十七歳の花津さんの妊娠の話で、不妊治療を開始してから、すぐに体外受精に進む。「ぼくは妊娠の方法はどうでもいいな　産み方より育て方だと思う」という花津さん夫の科白《せりふ》には感銘を受けた。私も、育て方に注力しようと思った。

私が通っていた病院はステップアップをやり易《やす》いところだった（患者への丁寧《ていねい》な説明や、医療の介入を慎重《しんちょう》にする「自然派」の病院もあるので、不妊治療を考えている人は、自分に合った病院を探して受診するのがいいだろう。でも、私の場合は、妊娠に関しては「勉強は自分でして、結果を出せそうな病院で、効率的な努力をしよう」と割り切って考えていたので、ここで良かったと思っている）。

そうして私は、タイミング法三回、人工授精一回、顕微授精一回、全部で半年かけた通院で、三十六歳で妊娠した。かかった費用は合計で五十万円ほどだったと思う（不妊は病気ではないので健康保険は適用されない。今は不妊治療に対する助成金があるみたいだが、私は対象外だったので申請していない。そのため、すべて自費で行ったが、もしも妊娠しなかったとしても、努力はしておきたかったので、後悔はしなかったと思う）。

ここまで、私の場合について率直に綴《つづ》ったが、他人に私のやり方を勧める気はさらさらない。

私は今、目の前にとても可愛い赤ん坊がいるので自分がしたことに後悔はまったくないが、これから不妊治療を考える人には、むしろ「ステップアップには慎重になった方がいい」とアドヴァイスしたい。高度医療にはデメリットもある。私には赤ん坊がいるので、デメリットについて詳《くわ》しくは書かないが、高度医療を受けずに済むのならそれに越したことはない。とにかく、これは一個人の話を書いたエッセイにすぎないので、不妊に悩む人は、私の話はあまり参考にせず、専門的な文章も読んで勉強して欲しい。

そして、それでも不妊治療を進めようと考える人がいたら、自分で治療法や病院について調べて、自分なりの考えを定めてから始めるのが良いと思う（不妊治療は妊娠しなかった場合の終わりどきが決め難《にく》くて大変、という話をよく聞く。「年齢と費用の上限を、自分で決めてから臨《のぞ》むといい」という意見があったので、私も年齢と費用の上限を決めてから治療を開始した）。

不妊治療に関しては、私はあまり創作意欲が刺激されなかった。ただ、つらいだけだった。妊娠検査薬に陽性の薄い線が見えない、いや、見える、と目を細めてなんども確認して一喜一憂し、生理が来たらどっと落ち込んだ。病院の待ち時間は長く、通院と仕事のスケジュールを合わせるのに悩んだ。暗い気持ちで日々を過ごした。このことについて、小説はもちろん、もうエッセイも書かないと思う。公の場で話す気もない。

不妊治療をしたことは、今まで、夫と親友の二人にしか話していない。私の母にも、夫の両親にも教えていない。また、赤ん坊にも教えていない（まだ、言葉がわからないので当たり前だが)。

だから、このエッセイで、不妊治療について書こうかどうか、かなり迷った。

この先、赤ん坊が言葉を覚えたり、この本を読んだ人と触れ合ったりして、本人が不妊治療のことを知るかもしれない。自身が不妊治療によって生まれたと知ったときにどう思うだろうか、と不安だ。せめて、赤ん坊が十分に大きくなったときに、私の口から赤ん坊にだけ伝えた方がいいのではないか。

また、不妊治療の件は、すでに私のプライバシーではなく、赤ん坊のプライバシーになっている。赤ん坊が他人に知られてもいいと思っている情報かどうか、今の私には判断できない。性別は隠そうと思ったのに、このことはオープンにしていいのか。

胸の中がもやもやする。

ただ、性別に関して考え事をしているときと違って、不妊治療に関することは、引け目というか、恥ずかしいこと、もしかしたらいじめられる要素になるかもしれないこと、と私が捉《とら》えているせいで、このもやもやが生まれている雰囲気がある。おそらく、私自身が、不妊治療に偏見を持っているのだ。だから、書こうかどうか迷ってしまうのではないか。性別のことを「書きません」と明るくはっきり言えるのと違って、不妊治療のことは「うーん、書かない方が赤ん坊にとっていいような気がして……」とぼそぼそ言ってしまう。どうして書かない方が赤ん坊にとっていいような気がするのかというと、「まだ社会が不妊治療を受け入れていないから。良い社会ではないから。排他的な社会だから」と私自身が思ってしまっている気がする。

でも、本当にそうだろうか？

赤ん坊の祖父母に伝わるのは、おそらく大丈夫だ。世代的にあまり知らない分野のことだろうから、「説明をするのが難しいな」と伝えるのを面倒に思ってしまっていたが、もともと絶対に内緒にしたいというほどの思いではない。私の母も、夫の父と母も、これまで私と夫がやることを非難したことは一度もないし、私が考えることをすごく信用しているっぽいので、必ず受け入れてくれると思う。

友人たちも、たぶん、大丈夫だ。おそらく、その他の人たちも……。

いろいろ考えた結果、もっとみんなを信じてみようかな、と思った。

現在、不妊治療によって生まれた子どもはどんどん増えている。今、不妊治療について書く意義はあるのではないか、私の文章を読んで安心する人がいるのではないか。喋り言葉は下手《へた》だが、書き言葉には自信がある。身近な人よりも、まず遠くの読者を信頼しようというのは、ずっと思ってきたことだ。

不妊治療のことをよくは知らない人でも、理解したいという気持ちを持っている人は結構いるのではないか。多くの人がわかろうとしてくれるのではないか。赤ん坊も、きっと大丈夫だ。赤ん坊本人も理解するだろうし、周《まわ》りも受け入れるだろう。社会の優しさをもっと信用しよう。

きっと赤ん坊はみんなから優しくされて、幸せになると思う。赤ん坊が、「生まれて良かった」「みんなから望まれて生まれたんだ」「社会は優しい」とわかってくれるように、少なくとも大人になるまでは私が伝え続けよう。

4　妊娠生活は大したことなかった

腹の中のことは、エコーでチェックする。まず、胎嚢《たいのう》という、赤ん坊の袋が見える。最初は豆みたいだ。それが少しずつ大きくなっていき、心臓の音が聞こえるようになる。

産む病院は、友人が「良い病院だ」と言っていたところを真似《まね》ることにした。その病院の産科は、心拍を確認したら出産の予約ができることになっていた。人気の病院で、すぐに予約がいっぱいになると聞いていたので、心拍が確認でき次第すぐに申し込みに行った。不妊治療の病院はそこで卒業した。

その病院は、看護師さんたちの人間性が素晴らしく（こちらの意思や体をとても尊重してくれていると感じられた）、担当のお医者さんは頼れる感じで（腕が立つと評判のベテラン医師で、いかにも仕事ができそうな雰囲気が漂う女性だ）安心できた。

三ヵ月になると、つわりが始まった。食事がおいしく感じられない。葉酸《ようさん》などのビタミン摂取のために小松菜と人参《にんじん》のスムージーを一杯、朝に頑張って飲んだが、食事らしい食事は取らなくなった。でも、トマトは食べられた。あとは、果物がとてもおいしく感じられて、グレープフルーツやパイナップルなどを食べていた。ちょうど桃のシーズンだったから、桃もよく食べた。それから、なぜかトムヤムクンは食べられた。酸味が強いからかもしれない。夫と何度かタイ料理屋へ行った。あと、ジャガイモを千切りにして炒《いた》めたものはおいしく感じられたので、夫に作ってもらって食べた。あっという間に、体重が数キロ減った。痩《や》せている人だったら大変かもしれないが、私の体重ではこの程度の減量は大したことではないみたいだ。

もちろん、あまりにも体重が落ちすぎたり、本当にひと口も全然食べられなくなったら、問題だ。ひどいつわりの人は水も飲めなくなって、点滴を打つために入院することもあるらしい。つわりは個人差が大きくて、まったくつわりがなくて平常通りの体調の人もいれば、病気みたいな状態で寝たきりになる人もいる。第一子の妊娠時は全然つわりがなかったのに、第二子のときはひどい、ということもあるらしい。つわりがある人とない人では、赤ん坊側には特になんの違いもないという。

私としては、不妊治療に比べたら、つわりなど全然つらくなく、平気だった。また、妊娠後期に体重が増えすぎてしまって困る、と聞いたことがあったので、もともと体重が多めだった私は、少し減ったのでちょうど良かった。つわりは二、三ヵ月経《た》つと治まった。

妊婦には減塩の食事がいい、というのはもともと言われていることなのだが、あるとき、血圧が高めになったので、

「きちんと減塩を」

お医者さんから注意された。妊娠前は血圧が低めだったはずなのにおかしいな、と思ったところ、妊娠中には高くなることがあるらしく、妊娠高血圧症候群という怖い病気もあるらしい。血圧は次の週からは下がって、あまり問題ではなくなったのだが、減塩レシピのパンフレットを病院からもらったので、努力することにした。味噌汁《みそしる》や加工食品、麺《めん》を避け、しょう油は直接にかけるのではなく小皿に注いだ。レモン汁で食べると塩っけがない料理でも美味しい。夫にも、「気にしてくれ」と言ったら、そのパンフレットに載っていた料理をいくつか作ってくれた。

想像するに、夫も前回の流産で傷ついたのではないだろうか。そういえば、流産の宣告は、たまたま夫と二人で健診に行った日に聞いた。その場では二人で冷静に聞けたのだが、家に帰った途端、夫が号泣した。そのせいで、私が泣けなかったものだから、私からすると、「なんなんだよ。私が手術台に乗るのに。手術の費用も私が出すのに。体にも貯金にも傷のつかない夫が泣くのかよ」と不満を覚えたのだが、夫は私が思った以上に心をえぐられたのかもしれない。そのときは、つい、「普通は、夫の

立場の人が落ちついて構えて、妻を慮《おもんぱか》るのではないか」ということが頭に浮かんでしまったが、「いや、いや、普通ってなんだよ。私たちの場合は、こうなんだ」とすぐに思い直した。会社ではなく家族なのだから、誰が金を出したかなんて気にしても仕方ない。「こっちは体を傷つけるんだ。手術というものを初めて受けるんだ」とおごっていたが、ばかばかしかった。妻の傷と夫の傷を比べたところでメリットはない。とにかく、夫は、今回こそは、腹の中の子に親切にしよう、と固く決めているのだと思われた。

夫は料理を作ったり、重いものを持ったり（妊娠中は重いものを運ぶのは避けた方が良いと言われる）、熱心だった。私は、家事をほとんどやらず、夫に任《まか》せた。買い物に行ったら、荷物はすべて夫に持たせた。当時、夫とダブルベッドで寝ていたが、寝ている間に無意識に夫が掛け布団《かぶとん》を引っ張る癖《くせ》があるので、私は自分にだけふかふかの羽毛布団を購入し、掛け布団だけ別々にした。妊娠中は温かくした方が良いらしいと聞いたからだ。夫は文句を言わない。だから、堂々と怠《なま》けたり、自分だけ良い物を使ったりした。

周囲への妊娠報告はあまりしなかった。べつに隠す気はなかったが、わざわざ言うほどのことでもないと思った。

結婚の際は、かなり多くの人に報告をした。それを今は、失敗した、と感じている（結婚を報告した理由としては、夫が低学歴低収入で、背は高いがべつにかっこ良くはないので、情報だけだと夫の良さが伝わらないと思い、「結婚したらしい」と知られるだけではなく、夫の良さ《心意気や雰囲気、仕事など》をきちんと私の知人友人に伝えたいと思ったのと、私が仕事で結婚制度に対する疑問を度々書いていたので、それなのに結婚するのは自分なりにはこう考えたからであると、周囲の人たちに自分の口で説明したい気持ちがあった。まあ、この二点は上手《うま》く解消できた気がしていて、夫の人格の素晴らしさや書店員としての仕事の素敵さは伝わったと思うし、結婚のステレオタイプに染《そ》まるつもりはないということもわかってもらえた感じがする。でも、おもてなしが不得意で、マナーをちゃんとわかっていない私と夫は、結婚式やお祝いをいただいたときに不手際が多かったこと、「結婚した」と言うと相手にお祝いを強要する雰囲気が出てしまって申し訳なかったことなどがあり、もうこの先は、自分たちのお祝い事を周りに声高に言う必要はないな、と思った）。

それで、せっかくの仕事の依頼を断るときや、誘ってくれた遊びを断るときには、「妊娠中で」「もうすぐ出産で」「子どもが生まれたばかりで」と伝えたが、特にそういうことがないときは、わざわざ言わなかった。だから、生まれたあとに他の人から聞いてなんとなく知ったという友人もいて、中には「なんで自分には子どものことを教えてくれなかったんだろう」と思った人もいたかもしれない。

今となっては、もっとカジュアルに伝えても良かったな、という気もしている。妊娠中は、「無事に出産まで漕《こ》ぎ着《つ》けられるか、まだわからないから」という気持ちもあったのだが、そのあとに、もしも流産や死産ということになっても、たぶん、私は言えるし、淡々と、平坦な口調で報告すれば良かったのかな、と思う。


さて、おおむね順調だったのだが、妊娠八ヵ月のエコーで、

「ああー、前置胎盤《ぜんちたいばん》です」

お医者さんがちょっと深刻な口調になって言った。通常、胎盤は子宮の上の方にくっ付くものなのだが、ごく稀《まれ》に下側にくっ付いてしまうことがあるそうだ。その場合、腹《ふく》が膨らんでくると、出血することが多い。最初は警告出血と呼ばれる少量の出血があり、そのあと、ベッドが血の海になるような大量出血を見ることがあるみたいだ。

そうなったときに赤ん坊の命が危険にさらされるため、できるだけ出血を避ける努力をした方が良いという（運動を止めて、生活に必要な動きのみで過ごすようにと言われた。また、出血があったらすぐに来院するように、とのことだった）。

そして、私の場合は、妊娠三十三週になったら安静に過ごすための入院をすることに決まった。通常、赤ん坊は四十週で生まれるのだが、前置胎盤だと長く腹に入れて

おくと危ないそうなので、三十七週に予定帝王切開をして産むことになった。

前置胎盤の場合は、経膣分娩《けいちつぶんべん》をすると出血多量で妊婦が危なくなると考えられているみたいで、帝王切開以外の選択肢がない。そして、帝王切開でも出血多量が予想される。そのため、私の場合は四百ミリリットルの自己血を予定日の一ヵ月前から一週間に一度、計四回採取した。自分の血液の方が、他の人の血液よりも輸血に向いているからだ。それに備え、鉄剤を飲んだ。

その病院では、帝王切開の場合は産後一週間まで入院する規定なので、トータルで一ヵ月半ほどの入院をすることになった。静かな生活だけが目的なので、NST（ノンストレステスト）と呼ばれる、赤ん坊の心音と胎動をチェックする機械を朝夕に腹に取り付ける以外は特にやることがない（このNSTは結構面白かった。赤ん坊が生きていることを確認できるので、ホッとする。この頃の胎児は数十分おきに寝たり起きたりを繰り返しているらしく、少しの時間あまり胎動が感じられないことがあるのだが、途中で看護師さんが「気持ち良く寝ているところに申し訳ないけど」なんて言いながら、ぶるぶる震える機械を腹に当てて起こす。すると、腹がビクッとなって、明らかに赤ん坊の目が覚めた感じがして、そのあと急に胎動が激しくなったことがあった。かなり笑えた)。

「入院生活は暇で大変でしょうが……」

お医者さんは言ったが、暇ではまったくなかった。飛行機に仕事を持ち込むと狭《せま》い席でじっとしているせいか捗《はかど》るのだが、それと同じように病室での仕事は進んだ。ゲラを見たり、パソコンで文章を書いたりしていた。読まなければならない本もたくさんあったし、赤ん坊の帽子も編《あ》みたかったし、時間はあっという間に過ぎた。

ただ、恐怖が大変だった。トイレで出血を見ることが多いらしく、出血を見たら水を流さずに看護師さんを呼ばなくてはいけないらしい。個室内にナースコールも設置されている。最初は、そんなの恥ずかしくてできない、と思った。だが、入院生活が長くなってくると、看護師さんに対する信頼感が強まって、恥ずかしいと感じる心が薄くなっていった。なんでも報告しようと思った。

警告出血が出るのは、いつか、いつか、とびくびくし、トイレに行くときはものすごく緊張していた。警告出血なしに、いきなり大量出血をすることもあるらしいので、ベッドで寝ているときも、「次の瞬間に大量出血するかもしれない。怖いなあ」と思っていた。

一ヵ月間、シャワーとトイレ以外はベッドの上で過ごした。診察などでどうしても別の階へ行かなければならないときは、看護師さんか看護助手さんが車椅子を押してくれる。私自身は痛くも痒《かゆ》くもなくぴんぴんしているので恐縮だった。個室は高いので四人部屋で過ごしていたのだが、その集団生活だけが私には苦しかった。鼻をかんだら他の三人に聞こえるくらい静かなので、とても気を遣う。みんな、見舞い客が来てもひそひそ声で話す。パソコンのキーボードの音も控《ひか》えめにしないと悪いな、と思った。

もともと集団生活が苦手な私はかなりストレスを感じ、出血や尿のカテーテルでばたばたするところを周《まわ》りに聞かれるのはつらいとも思い、手術予定日の一週間前になると、個室の中では一番室料が安いところへ移った。

そんな感じだったので、もう赤ん坊の「障害」も性別も、本当にどうでも良くなった（私は、出生前診断を受けず、性別も聞いていなかったのだが、それでも、特に「障害」に関しては、もしも手をかけることが必要な子だったら、と妊娠中期くらいの時期に勉強した。でも、私の場合は、「障害」があったところで妊娠中になんの治療も準備もできないし、顔を見て愛情を湧《わ》かせていないうちから赤ん坊のプライバシーをいろいろ調べなくて良かった、とは思っていた）。もう本当に、生きて生まれさえすれば、それ以外はなんにも気にならない。

そうして、看護師さんや看護助手さんや事務の方、そしてお医者さんから多大な親切を受け、入院生活は無事に過ぎた。幸運なことに私は出血を見ることなく、手術予定日を迎えた。

妊娠生活は、大したことがなかった。前置胎盤は怖かったが、ものすごく大変というほどではなかった。

腹が大きくなるのは、想像していたほどのすごい経験ではなかったし、創作意欲は刺激されず、「妊娠について書きたい」と思うこともなかった。

5　お産ではなく手術ということで

この病院は、もともと無痛分娩《むつうぶんべん》で有名なところだった。無痛分娩とは、麻酔で痛みを和《やわ》らげて産む方法だ。

反対に、助産師さんの助けを借りながら、医師の力はあまり借りずに、主に自分の力で産むのが自然分娩だ。

自然分娩には、かなりの痛みがある。それを理由に母親というものを尊敬する人がいて、私はそういう人に反感を抱いている。「女の人は強い」「男には無理だ」などと、女性を称《たた》える人には、虫酸《むしず》が走る。

私には、「母親になろう」という気持ちがそもそもなかった。そのうち医学が進んで男性も出産するようになるだろうし、女が特別とは思わない。出産で経験を積もうだとか、出産は女の人生におけるひとつのステップだとかという考えもなかったから、できるだけ安全な方法で簡単に済ませたかった。

痛みは絶対に避《さ》けないといけない、とまでは思っていない。痛みがあるのが自然な状態だとは思う。ただ、私は痛みに弱くはないが、避けられる痛みなら避ける努力をするに越したことはない、という程度の思いはある。私には、「自然」への思い入れもなかったから、「良い病院で行われている信頼できる方法のようだし」と無痛分娩の予約を入れていた。

しかしながら、前置胎盤《ぜんちたいばん》ということがわかって、自然分娩も無痛分娩も選択肢から消えた。

夫は、ちょっと残念だったのではないかと思う。というのは、夫は立ち会い出産を希望していたからだ。無痛分娩だったら、夫は一緒に出産の場にいられた。帝王切開でも立ち会い可能な病院もあるらしいが、この病院ではできなかった。

担当医師によると、前置胎盤の場合、赤ん坊は逆子《さかご》になっていることが多いそうで、私のところの赤ん坊も途中まで逆子だったのだが、最終的には横位《おうい》になった。縦になるべき場所で横になっていて苦しくないのか。左腹にぽこっと固いものがあるように思えて、これが頭か、と数日間撫《な》でさすっていた。しかし、

「赤ちゃんは、右向きです」

とエコーを見た医師に言われ、え、じゃあ、固いと思ったのは何？　となり、やはり私の感覚は当てにならない。尻を撫でていたのだろう。

手術の日が近づくと、「カテーテルが恥ずかしい」ということが気になり始めた。一年前に父が病気で入院して、そのまま死んだのだが、一時期、カテーテルを尿道に挿《さ》していた。父はそれをとても嫌がった。外して欲しい、と度々看護師さんに訴えた。また、尿の入ったビニール袋がベッド脇にぶら下がっていて、もちろん、側《そば》にいる私たちの方は汚いともなんとも思わず気にしていなかったが、本人としては恥ずかしいのではないか、と察していた。

それで、手術当日の朝から翌日の朝までカテーテルを挿しておしっこをする（私自身に尿を出している感覚はないのだが）ことになると聞き、嫌になった。

そうなったら、赤ん坊を見にきた家族にカテーテルを挿しているところや尿の袋を見られる。夫に、

「カテーテルを見られたくないから、来ないで欲しい」

と言ったら、

「そんなに嫌なら行かない」

と簡単に了承してくれたが、立ち会いがしたかった人に、病室で待つことさえするな、というのは酷だ。すぐに撤回した。

それから、「夫の両親や私の母は誘おうか、どうしようか」と悩んだ。生まれたば

かりの赤ん坊を見るのはかなり楽しいことなのではないか。しかし、カテーテルを挿している自分の姿を見られるのが嫌だ。私に会わずに、赤ん坊だけ見て帰ってもらおうか。他の人はどうしているのだろう、とスマートフォンでいろいろ検索してみたところ、やはり、産んだすぐあとのぼろぼろの姿を見られるのを厭《いと》う人は多いようで、夫の両親には産んで三日後に来てもらう、という考えが主流のようだった。しかし、そういった多数派の意見を目にすると、かえって反骨心が湧《わ》いてきて、「みんながそうでも、私は三日目じゃなくていい」という気分になってきた。

赤ん坊に私の都合で制限をかけるのは悪い。私に関係なく自分を可愛がってくれそうな人に会った方がいい。やっぱり、カテーテルも、ノーメイクの顔も見られていいから、夫の両親にも、私の母にも、生まれたばかりの赤ん坊を見にきてもらおう。

それで誘ったのだが、夫の両親は仕事の都合で来られず、私の母は来ることになった。

前置胎盤の帝王切開手術は出血が多く、稀《まれ》に命が危《あや》うくなったり子宮を全摘出したりすることもあるそうなので、きっとお医者さんは神経を張り詰めて執刀してくれたのだろうと思うのだが、自分としては血が出ている感覚なんてないし、平気だった。

一ヵ月半ほど入院生活をしていて、その間に私はこのお医者さんに全幅《ぜんぷく》の信頼を置くようになっていた。手術はあっという間で、腹を切り始めてから十五分くらいで赤ん坊が出てきた。私の下半身には麻酔が効《き》いていて痛みもないし動くこともできない。でも、上半身はいつも通りだ。目の前に布が垂《た》れ下《さ》がっており、お医者さんや看護師さんたちの動作は見えないが、何をやっているのかはなんとなくわかる。腹を押したり切ったりしているのがわかる。赤ん坊が出た、と思ったら、みんながばたばたしはじめた。

「さい帯血《たいけつ》、採《と》れません」

と言っている声が聞こえる（私はさい帯血バンクにさい帯血を提供することにしていたのだが、事前に、「母体優先なので、採取できないこともあります」と説明されていた）。それで、あれ？　ぴりぴりした状況になっているのかな、と思い、なにより泣き声が聞こえないので、あれ？　あれ？　と不安になっていたところ、一、二分したら、少し離れた場所から、おんぎゃあ、おんぎゃあ、と聞こえた。腹の上ではなく遠くから聞こえるので別の赤ん坊だろうか、といぶかしんでいると、

「生まれましたよ」

布の向こうで作業をしていた看護師さんがこちらに回ってきてくれた。

「元気ですよ」

別の看護師さんが性別を言いながら赤ん坊を連れてきた。サルっぽかったが、きち

ついた。

赤ん坊とみんなにお礼を言いながら、赤ん坊の手を握《にぎ》った。それからほっぺたをつんと生きていた。ああ、良かった、と涙が流れてきて顔が濡《ぬ》れた。

そのあと、赤ん坊はどこかへ連れ去られた。胎盤を出したり、切ったところを縫《ぬ》い合《あ》わせたりするために、私は意識のなくなる麻酔を打たれたが、二十分ほどして目が覚め、自己血を腕から入れてもらった。

「大変なお仕事ですねえ、こんなことを毎日……」

作業をしてくれている人に私が話しかけると、

「あはは、まあ、そうですねえ。でも、ご出産されるご本人が一番大変ですからね」

男性の看護師さんが照れ笑いしながら答えてくれ、それから何人かの看護師さんで私をストレッチャーに乗せて病室まで運んでくれた。

こんなことを書くと、傷ついてしまう人もいるかもしれないのだが、あえて書かせてもらうと、私は帝王切開のことを「お産」「出産」というよりも「手術」だと感じた。

私の場合、予定帝王切開だったので、陣痛を味わっていないということも大きいだろう（通常の経膣分娩《けいちつぶんべん》を予定していたのに、分娩の経過が良くなかったり、通常と違うことが起きたりして、緊急帝王切開になる場合は、陣痛をしっかり経験してからの帝王切開になる。よく言われることだが、出産の痛みというのは、産む瞬間よりも、その前に陣痛が来ているときの方が強い）。帝王切開でも、「お産」「出産」と感じる人もいるだろう。というか、そう感じる人の方が多いのかもしれない。

でも、私は手術だと思った。

私は手術で子どもを産んだ。

私の力というより、たくさんの人の力によって赤ん坊は生まれてきた。

一説によると、帝王切開のない時代では前置胎盤の出産は母親がほぼ死亡していたらしいので、現代医学様々だ。

帝王切開について話すのは、センシティブなことらしい。「自然分娩をして、痛みを味わわなければ母親になれない」「もう少し頑張れば自然分娩ができたのに、残念だったね」「産道を通らなければ我慢強い子にならない」といったことを言われて傷つく帝王切開経験者がいるらしく、「帝王切開も立派なお産です」と反駁《はんばく》している文章をよく見かける。

だが、私はお産じゃないと言われても、一向に構わない、と思った。そもそも、自分自身、お産じゃない、と感じたのだ。

世の中にいろいろな意見を持つ人がいるのは当然だ。自然分娩で痛い思いをしながら子どもを産んだ人は、そりゃあ、他の人にもお勧めしたくなるだろうと思う。武勇伝を語りたいだろう。そういう話は、聞くべきだ。聞いて、「でも、私は違うな」と思うだけだ。自分の産み方に誇りを持つ人もいる。ただ、私は違うというだけだ。親が頑張ったか頑張っていないかは子どもに関係ない。頑張った人はすごいが、子どもには関係ないと私は思ってしまう。私は手術に誇りは持っていない。でも、手術ができて良かった、とは思っている。自分ひとりの力だけでなく、たくさんの人の力を借りて産める時代なのだ。ああ、良かった。

6　点数なんて失礼じゃないか

　帝王切開手術のあと、ストレッチャーで病室まで運んでもらってベッドへ移ると、あとから夫と母が連れ立って入ってきた。私は夫を見て尋《たず》ねた。

「抱っこできなかった」

　夫はベッドに近づいてきて、にこにこしながら首を振った。

「なんで？」

　私は心底驚いた。産声《うぶごえ》も聞こえたし、自分は握手したので、夫も母も問題なく赤ん坊に会ったものと思い込んでいた。

「『赤ちゃんの元気度が低めだったので、しばらく箱に入っています』って言われたよ。だから、箱を撮った」

　と夫は言う。笑いながら喋《しゃべ》るのは、こちらを不安にさせまいとしているらしい。デジカメの画像を見せてくる。そこには透明な箱の中で管《くだ》だらけになっている痛々しい赤ん坊の姿があった。

「抱っこした？」

「元気度ってなんのこと？　もっと、ちゃんとした用語があるんじゃないの？　箱っていうのは保育器のことでしょ？」

「元気度っていうのは……。生まれたら、一分後と五分後に元気度っていう点数をつけるらしいよ。一分後の点数が低かったんだけど、五分後の点数がすごく上がったから、たぶん大丈夫だろう、って言われたよ」

「なんで点数なんてつけられないといけないのさ。人に点数なんて、失礼じゃないか」

「知らないよ」

「元気度とか箱とか言い換えられて……。医学用語を言ってもどうせ理解できないだろう、って軽く見られたんじゃないの？　元気度なんて言葉、ばかみたいじゃんか。私だったら質問するけどね。『元気度ってなんですか？』」

「自分で聞きなよ」

「そしたら、お母さんは見られなかったの？」

私は後ろにいる母に向かって尋ねた。

「お父さんだけ来てください、って看護師さんがおっしゃったから、待合室で待ってたの。写真は見たよ」

母もにこにこしながら答える。デジカメの画像で赤ん坊を見ただけらしい。

「じゃあ、悪かったね」

新生児に会えたら、去年に父を亡くしてしょんぼりしている母が元気になるのではないか、と思って、「見にこないか」と誘ったのに、意味がなかった。

「いいよ、ナオちゃんが元気なのを見られたから。私はそろそろ帰るね」

母はこちらに気を遣っているのか、早々に引《ひ》き揚《あ》げていった。

二人きりになってから、

「大変だったでしょう」

夫は私をねぎらった。

「全然大変じゃなかった。先生や看護師さんたちがすごいだけで、私は寝ていただけだし。こんな感じだったら、もうひとり産みたい」

私が言うと、夫は笑った。

つらくはないのだが、血が多く出たせいか、歯ががちがち鳴るほど寒い。暖房の温度をあげてくれ、と頼むと、夫はあげてくれた。いや、まだ寒い、まだ寒い、と何度か応酬《おうしゅう》し、最大の温度まであげた。

面会時間ぎりぎりまでいて夫は帰り、麻酔が切れて少しずつ痛みが出始めたが、それでも産む前に想像していたほどには痛くならなくて、「これなら難なく耐えられそうだな」と思った。私は鈍感なのかもしれない。痛みというのは感じ方なので、人それぞれだと聞いたことがある。痛くなり易《やす》い人は我慢しろと言われても痛いのでどうしようもない。逆に、痛くなり難《にく》い人は我慢強いわけでもなんでもなく、ただそんなに痛くならない。とにかく、私は赤ん坊の元気度だの箱だのが謎で、

「赤ちゃんが箱に入っているそうなんですけど、なんで入っているんでしょうか？」

体の具合を見にきてくれた看護師さんに尋ねた。赤ん坊は大きめだったし、私から見て特に気になるところはなかった。何かあってすぐに泣かなかったのだろうか、あるいは、すぐに泣かなかったことで何か病気になったのだろうか。

「もう、そんな話を？　明日、小児科の先生からお話があると思いますよ」

看護師さんは優しく答えてくれた。

寒さは次第に和《やわ》らぎ、暖房の温度は夜中にかけて少しずつ下げていった。

翌日になると、

「歩く練習をしましょうか？」

と看護師さんにカテーテルを外され、トイレに行くよう促《うなが》された。

動作に伴って痛みが走るのでさすがにゆっくりとしか動けず、腕に力を入れて上体

を起こし、ベッドの上に座り、床に降り、一歩踏み出し、もう一歩踏み出し……、と、まるで最初の人類のようにトイレまで行った。

歩けるようだったら赤ん坊を見にいっていいと言われたので、点滴スタンドを杖《つえ》のように使って、新生児室までゆっくりと移動した。中に入ると新生児たちがずらりと寝ていた。

だが、そこには私のところの赤ん坊はおらず、奥のナースステーションにいるという。入ると、保育器の中で寝ていた。手を繋《つな》いでいいと言われたので、穴から手を入れて小さな手を握《にぎ》る。

すると、小児科のお医者さんが来て、説明をしてくれることになった。

「『アップ・ガール・スクール』がこの点数なので、『新生児仮死』という病名がついちゃうんですよ。母子手帳に記入しなければなりませんので、今度、母子手帳を持ってきてくださいね」

というようなことを言っているように私には聞こえた。

「はい」

頷《うなず》くと、

「赤ちゃんが生まれてすぐに泣き出さなかった場合……」

さらに説明が始まった。生まれたての赤ん坊には元気度という点数をつける。私のところの赤ん坊はすぐに泣かなかったので元気度が低く、呼吸が心配だ。様子を見て外の酸素濃度でも呼吸ができそうになったら保育器から外に出す、ということらしかった。

「はい」

夫には、「私だったら質問する」と豪語した私だったが、いざ説明が始まると何ひとつ聞けないまま、ただ、「はい」「はい」と頷いて、すごすごと病室に戻ってきてしまった。「新生児仮死」という言葉が衝撃で、仮死ってなんだ、仮死状態だったのか、と頭を殴《なぐ》られたような気分になった。夫は知っていて、私に対して濁《にご》したのだろうか。私は全然、仮死だなんて思っていなかった。それにしても、「アップ・ガール・スクール」とはなんだろう。

部屋に戻ってスマートフォンで「アップ・ガール・スクール」という言葉を検索したが、わからなかった。点数とか言っているし、学校の何かなのか。

翌日、ふと、「新生児仮死」の方で検索してみたら良いのではないか、と気がつき、再びスマートフォンを手に取った。すると、わかった。「アップ・ガール・スクール」ではなく、「アプガースコア」だった。耳慣れない言葉なので、聞き取れなかったのだ。

生まれて一分後と五分後に、「皮膚《ひふ》の色」だの、「呼吸」だの、「筋緊張」だのといったいくつかの項目を、医師や助産師らがチェックし、アプガースコアという点数をつけるらしい。

点数が低いと言われて嫌な気持ちだが、仕方ない。その後は、様子を見る以外にこちらは努力のしようがなさそうだ。

もう考えるのは止《や》めよう、と思った。「仮死」だの「アプガースコア」だの、ただの言葉ではないか。

三日目には赤ん坊は保育器を出て、私は三時間おきに新生児室に通って授乳するようになった。保育器を出ても、赤ん坊はモニターを付けられてナースステーションの中で監視されていた。ナースステーションへ行っていちいち出してもらわなければならなかったので、赤ん坊が病院側に属している存在に見え、私が授乳のために借りる感覚になった。

六日目、退院の前日にやっとナースステーションを出て、他の新生児たちと並んで寝た。

7 新生児

生まれてから一ヵ月までの赤ん坊を新生児と呼ぶそうだ。もっと長い期間の呼び名なのかと思っていたら、たった一ヵ月間のものらしい。その後、赤ん坊は月を過ごす度に、「一ヵ月の赤ちゃん」「二ヵ月の赤ちゃん」……、といった風に呼ばれるようになる。児童福祉法では、満一歳に満たない子どもを乳児と呼び、満一歳から小学校就学までの子どもを幼児と呼ぶらしい。べつに児童福祉法に倣《なら》うわけではないが、一歳までの毎月のことを書いてみようと思う。その月の私の生活についても触れたい。

とはいえ、同じ月齢だからといって、他の赤ん坊と似たような発達状況とは限らない。人それぞれだ。立つのも喋《しゃべ》るのもその子のタイミングがあるだろうし、体の大きさにも個性がある。私は私の家にいる赤ん坊のことしかわからないので、平均とは違うところが多々あると思うが、それは仕方ない。

コミュニケーションの取り方がわからなくて内面が謎なので、いきなり見た目について書くのもかわいそうだが、まず顔のことを書く。

新生児の間、赤ん坊には眉毛《まゆげ》がなかった。これは、大体の子がそうらしい。顔全体に産毛《うぶげ》が生《は》えていて、動物じみている。肩や背中にもうっすらと毛があった。頭の上の毛も体毛と同じくうっすらとしたもので、とても細い。ただ、髪は赤ん坊によって様々なようで、病院の新生児室に並んでいた赤ん坊たちを見ると、最初からふさふさの子もいた。

それから、上唇《うわくちびる》がめくれていて、顎《あご》がすごく引っ込んでいる。なんでそういう顎になっているのか私は知らないが、乳房にぴったりくっ付《つ》け易《やす》い仕様になっているのかな、と想像した。この、富士山型にめくれあがっている上唇や、ぺこっとロボットのように引っ込んでいる顎が、ものすごく可愛らしく感じられ、何度も触った。

目はほとんどの時間閉じているので、きれいな横線になっている。ジップロックの袋を開けるときみたいに、ぷちんと音をさせながら開きそうな感じがする。視力はまだとても弱いらしい。見えていないわけではないようだが、目を開けているときでも、何かを認識している雰囲気はない。そして、長く寝ているのでまぶたが重いのか、目つきがとても悪かった。

顔を爪《つめ》で引っかいてしまうらしく、おでこや頬《ほお》にしょっちゅう傷ができる。病院で見た他の赤ちゃんにも付いていたので、よくあることのようだ。

「迫力が出たねえ」

と夫は笑っていた。

子どもが生まれる前から、ほぼ毎日夫は仕事帰りに病院に寄っていた。二日おきに私のパジャマを洗濯してアイロンをかけて持ってきた。周囲のほとんどの入院患者が病院のレンタルパジャマを着ていたが、私はわがままとも思わず、「自分のを着たいから、洗ってくれ」と平気で夫に頼んだ。他にも、毛糸が必要だ、と言えば、手芸用品店に走り、S字フックがいる、とつぶやけば百円ショップに行き、エッセイの資料が必要だ、と電話すれば、自分が働いている書店か、なければライバル店に足を延ばして書籍を購入するなど、夫は忠実に私の用事を果たした。入院費や手術費はもちろん、赤ん坊を迎える準備の多くの経費を私が負担しているし、出産や育児の計画はほぼ私が立てたし、前置胎盤《ぜんちたいばん》は仕方のないことだし、夫に対して引け目を感じる必要などない。私は堂々と入院生活を進めた。いろいろ頼んだせいで夫が途中でへこたれるのではないか、と危惧《きぐ》していたが、そんなこともなく、私がLINEで「何々を買ってくるように」「どこどこを掃除しておくように」等の指示を出すと、文句も言わずに営々とそれを行った。

夫は、経済力も判断力もないが、とにかく人が良く、おおらかなのだ。私は、経済力や判断力は自分で身につけたいと思いながら生きてきたので、むしろ経済や判断を私にゆだねてもらえるのはありがたく、このような夫にとても満足している。「子どもが生まれたあと、旦那さんに不満が出てくるよ」と色々な人から言われたが、私は夫の悪口を書く気はない。

病院では、新生児室を窓から覗《のぞ》ける時間や、父親が中に入って赤ん坊と触れ合える時間を設定しており、赤ん坊が生まれてからは夫はその時間に行って、顔を見たり、抱っこしたりしていた。

「ときどき、岡本太郎のポーズをするね」

夫は観察を述べた。

それは、モロー反射のことだろう。

大きな音が耳に入ったり、びっくりしたりすると、ぱっと両腕を斜《なな》め上の方へ向かって広げ、何かをつかむような手つきをする。新生児は自分の意思で体を動かすことよりも、無意識に動いてしまうことが多いみたいだ。たとえば、てのひらに触れたものをぎゅっと握《にぎ》る把握反射、唇に触れたものに吸いつく吸啜反射《きゅうてつはんしゃ》など、数ヵ月すると消えてしまういくつかの原始反射が新生児には備わっている。モロー反射もそのうちのひとつだ。一説によると、猿だった頃、びっくりして木から落ちそうになったときに手をぱっと伸ばして木にしがみつこうとしていた名残りらしい。モロー反射は、把握反射や吸啜反射と違って、人間となった今では、なんの役にも立たない可愛いだけの仕草なので、どうも可笑《おか》しい。赤ん坊が生まれたのがちょうど花粉飛散の時期で、私がちーんと鼻をかむと赤ん坊がびくっとして手を広げるので申し訳なく思いつつ、その度に笑った。

病院で見た限りでは、母親が抱っこして、父親が荷物持ちをして退院していく夫婦が多かったが、私たちの場合は、夫に譲《ゆず》ろう、と思った。すなわち、夫に赤ん坊を抱っこさせ、私がスーツケースを引っ張りボストンバッグを抱えた。それまでの二ヵ月近く、私は荷物を一切持たず、ほとんど動かず、診察などで違う階へ行くときは看護師さんが車椅子を押して移動させてくれていたので、私が大荷物を抱えて部屋から出てきたことに看護師さんたちは驚いていたが、なんとなく、応援してくれているようにも感じられた。

夫はものすごく嬉《うれ》しそうだった。宝物のようにそうっと抱え、タクシーに乗っている間もずっと赤ん坊の顔を眺《なが》めていた。「退院の際にかぶせよう」と思って入院中に私が編《あ》んだ帽子はぶかぶかだったのでバッグに仕舞い、赤ん坊はユニクロで買った真っ赤なキルティングの上着のフードをすっぽりかぶっていた。すぐに大きくなってサイズが変わると聞いていたし、金は実用的なことにかけた方がいいし、性別もわからなかったし、セレモニードレスのようなもの（退院時やお宮参りなどに、男女関わらず着る白いひらひらの服）は私も夫も自分たちのキャラではない気がして（赤ん坊のものだから自分たちのキャラでなくてもいいのだが、買ってあげるのが気恥ずかしく）、安くてシンプルな服だけを用意していた。

家に着くと、夫は勇んでベビーベッドの準備をし、近所のスーパーマーケットでうどん玉とコロッケとねぎを買ってきて、昼食にコロッケうどんを作ってくれた。これは私のリクエストだ。病院の食事は菜食で、肉に見える料理も大豆でできているようなあっさりしたものだったのだが、味はおいしく、意外と肉や魚がないことに不満は覚えなかった。それよりも、私は麵《めん》類好き（だから太るのだが）で、麵が週一回うどんのみというのが寂しかった。それで、そのうどんの日を楽しみに過ごしていたのだが、今週は手術で絶食した日がうどんの日にぶつかってしまい、食《た》べ損《そこ》ねたので、家に帰ったらどうしてもうどんが食べたいと思っていた。

そのうどんを腹に収めたあと、夫は仕事に戻った（朝は、店で品出しを終えてから、赤ん坊と私を病院に迎えに来ていた）。

赤ん坊と二人きりになって、私はどきどきした。これまで、医師や助産師や看護師に属していると見えていた赤ん坊が、ぷっつりと病院から離れた。あんなに監視されていたのに、もう私しか赤ん坊を見ていない。目を逸《そ》らしていいのだろうか。トイレに行っている間に何かあったらどうしよう、と排泄《はいせつ》もどきどきする。

そして、トイレに入ると、全然違う方向に手を伸ばしてトイレットペーパーを取ろうとしてしまう。水を流すレバーも、「あれ？ こんな位置にあったっけ？」となる。長く病院で過ごすと、病院が家のようになる。自分の家が、客から見た家みたいに、とても新鮮だ。天井ってこんな高さだった？ ソファってこんな色だった？ と、記憶と少しずれて感じられる。

この家で、日中は私だけが赤ん坊を見る。おおー、と喜びが湧《わ》いてくる。

重要な仕事を担《にな》った。それも、何かを命じられたり、こなしたりする仕事ではなくて、とても自由な仕事だ。助産師さんが、「授乳には一日八時間以上かかります。少なくとも三時間おきに、一日八回以上あげなくてはならなくて、最初の頃は一回に一時間ほどかかるため、そういう計算になります。だから、それが仕事のようなものです。産後は、体の回復のためにひと月ほど床上げしない方が良いと言われていますし、家事はできるだけ他の人にやってもらってください」と言っていた。これを仕事と思っていいなんて、嬉しい。

それと、私は昔から孤独好きで、十代の頃から嫌なことがあると「ひとりっきりになりたい」とよく考えていた。『源氏物語』の時代の人が「山に入りたい」と言って出家するみたいに世間から離れたい、なんの病気でもないけれど入院して周囲の人とひと月くらい縁を切りたい、としょっちゅう思った。「近況を聞きたいから友人に会いたい」とは思うが、「寂しいから友人に会いたい」「暇だから友人に会いたい」なんて、露《つゆ》ほども思わない。悩みは人に相談するより、ひとりでじっくり考えたい。だから、子どもができて、しばらく人と会えない、ということが苦ではなく、むしろ嬉しかった。そもそも、このところ仕事がぱっとしないので、人と会うのがつらくなっていたところだった。

私はしばらく家にこもって、この赤ん坊と関係を作る。それだけだ、と考え、なんて楽なんだ、としみじみした。

父親を看取《みと》ったときのように、「あれ？　息している？　していない？」というのを、赤ん坊に対してもしょっちゅう思った。トイレから帰って来る度に口元に手を当てたり、胸が上下するのを確認したりした。すると、だんだんと、生きている？　死んでいる？　と思うことに慣れ、それほどストレスではなくなっていった。

夕方に夫が帰ってきた。風呂は夫主導で入れることにした。私は腹の中で育てたり、出産を楽しんだりしたので、子育ての面白いところはできるだけ夫に譲りたい。出産したため、現時点では私の方が子どもに関する知識や心の準備が上回ってしまっているが、助手や部下のように夫を扱ったら、夫は何事も私から教わろうとしたり指示を待とうとしたりしてしまって、子育ての面白さがよくわからないままになるかもしれない。他のことならこちらが指示を出してもいいが、子育てに限っては、夫は親なのだから主体的に行った方がいいだろう。

私が予定よりも大分早めに入院してしまったので、一緒に行こうと予約していた地元の両親学級に、夫はひとりで行ってきた。病院で買ってきた風呂の入れ方のハウツーDVDを見て復習してから、夫が率先して風呂に入れた。流しにベビーバスを置いて、ガーゼで体を拭《ふ》く。夫はやはり、嬉しそうだった。

夜になった。病院では夜勤の看護師さんが見てくれていたのに、寝ていいのだろうか。でも、眠い。三時間ごとに起きて、あ、生きている、と思った。

こうして、赤ん坊との日々が始まった。

新生児はほとんどの時間を寝て過ごす。起きたら泣いて、わけもわからず乳首をふくむ。母乳は反射で飲む。

赤ん坊は、私のことを親だと捉《とら》えていないのはもちろん、人間とさえ思っていない。

抱き上げても、なんにも感じていない顔をしているし、たまに目が開いたときも、まったく私のことなど見ず、あさっての方向に視線を向ける。

相手に認識されずに世話をする、それはすごく面白い行為だ。

新生児にとって私は親ではなくて、世界だ。世界を信用してもらえるように、できるだけ優しくしようと思った。

8 似ているところは探さない

「子どもが生まれました」

と報告すると、

「どちらに似ていますか？」

と聞かれる。

子どもに会いにきた人や、写真を見た人は、

「ナオコーラさんに似ていますね、可愛いですね」

あるいは、

「旦那さん似ですね、可愛いですね」

と言ってくれる。

私も、友人知人の赤ん坊に対して、「お母さん似ですね」「お父さん似ですね」「可愛いですね」と言ってきた。

もちろん、嘘ではないのだが、どうしてそう言ってきたのだろう、と考えるに、他に言うことが思い浮かばなかったからだ。赤ん坊本人はただ生きているだけで何をや

っている人でもないから、「誰かに似ているか」「可愛いかどうか」しか話しようがない。そして、似ているかどうかというのは、適当だ。明らかに違う顔立ちだったら「似ている」とはさすがに言わないが、「肌の色が同じだったら『似ている』と表現しよう」ぐらいの勢いで言っていたと思う。赤ん坊の顔は、よくわからない。

「似ていないですね」と言ったことは一度もない。必ず、どちらかに似ていることにする。あるいは、「目元はお母さん似で、眉毛《まゆげ》はお父さん似ですね」などと「赤ん坊の顔立ちは親の顔立ちのブレンド」ということにするのがベストな答えだとも思ってきた。

「似ていないですね」と他の人から私が言われたこともない。

「親と子が似ていないのはタブーだ」と、私もみんなも考えてしまっていたのだろう。おまけに、夫の両親が赤ん坊を見にきたときには、

「目が奥二重《おくぶたえ》みたいですから、たぶん、○○さん（夫のこと）似ですよ。私は一重まぶたなんで」

と私は言った。夫に似ている方が、夫の両親が喜ぶと安易に想像してしまったのだ。こういう風に言うものだろう、と深く考えずに喋《しゃべ》った。

だが、血が繋《つな》がっていると考えた方が赤ん坊を可愛く感じるはずだ、と相手の愛情のかけ方を推察するのは、相手を軽んじることだった、と今となっては反省する。

夫の両親は、自由な気風の人たちで、赤ん坊をすごく可愛がりつつ、でも、私たちを尊重して必要以上に踏み込むことなく、距離を取って接してくれている。おそらく、血がどうの、なんて何も気にしていない。

多くの人は、新しい存在がこの世に誕生したと認識するだけで、「可愛い」と感じる。

親に似ているかどうかを本気で審議したい人はまずいないし、「とにかく赤ん坊を褒《ほ》めたい、でも、褒め方がよくわからない」とみんなが思う。

「似ていますね」は、よく言われる無難な挨拶《あいさつ》だから、多くの人がそのテンプレートを使っているだけだ。

だから、深い意味など考えずに、言ってもらった方は、「ありがとうございます」と流せば良いのかもしれない……。

でも、本当にそうだろうか、と赤ん坊を見ているうちに、疑問が湧《わ》いてきた。改めて考えると、ちょっと引っかかりを覚える。

養子を育てている人も、こういった「似ている」に関する会話に接したとき、簡単にスルーできるものだろうか？　きっと、顔立ちは似ていないだろう。「人種」が違う子を迎える人もいる。あるいは、顔立ちが似ていたとしても、「似ていますね」と言われたら、複雑な気持ちになるのではないか。

また、養子ではなく自身で赤ん坊を出産した人でも、他の人から卵子や精子の提供を受けた場合は、顔立ちはどちらかの親のみに似ているだろうから、「似ているとか似ていないとかといった話題は、できたら避《さ》けたいなあ」と思うのではないか。

同性愛者のカップルの場合、医療で子どもを持つ場合は現代の医学ではどちらかにしか似ないだろうし、養子を迎える場合はどちらにも似ない。やはり、「似ている」に関する話は居心地が悪いのではないか。

いや、そんなことを配慮しようとするのは大きなお世話で、本人たちはさばさばしていることも多いのかもしれない。

とはいえ、親はまだしも、子どもの方は、「親と子は顔つきが似ているはずだ」という世間の空気を、つらく感じるときがあるのではないか。

ステップファミリーの上の子はどうだろうか？　たとえば、母親と元夫の間に生まれた子どもが、母親が離婚後に（あるいは死別後に）別の男性と結婚し、その男性がとても素敵な父親になってくれて喜んでいたとする。その後、母親と新しい父親の間に子どもが生まれたとき、「お父さんに似ているね」と赤ん坊を見た人たちが会話していたら、なんとも言えない気持ちになるのではないか。

こういったことが起きて、子どもが傷ついたとしたら、もちろん、それは親のせいではない。社会の空気の問題だ。親に愛されてぬくぬく育っている小さい間は、子どもは顔立ちなんて気にしない。だが、大きくなったら家だけでなく社会の中で育っていくから、「親と子は似ている」ということが前提の会話が繰り返されたとき、きっと多少の生《い》き難《にく》さを感じるだろう。

でも、大した問題ではない。社会が変われば、解決してしまう問題だ。

「親と子が似ているかどうか」を本気で気にしている人はおらず、なんとなくの挨拶が習慣として繰り返されているだけなのだから、それを少なくしていけばいいのだ。

私は赤ん坊を誰かに紹介するとき、極力、「似ている」という話は自分からはしないことにした。「似ていますね」と言ってもらったときは、「そうですかねえ」とにっこりする程度でとどめる。相手は、穏《おだ》やかに会話を進めてこちらを良い気持ちにさせたいと慮《おもんぱか》ってくれているだけだろうから、きっと、にっこりすれば大丈夫だ。

……という風に考えた、と夫に話すと、夫も、「そうかもね」と頷《うなず》いた。それで、私たちの間では、赤ん坊と私たちの相似は探されることがなくなった。夫は、「オリジナルだね」「唯一無二《ゆいいつむに》の存在だね」と赤ん坊に話しかけている。

赤ん坊が可愛いのは、親に似ているからではない。手をかけて育てようと考えるのは、自分に似た存在だからではない。

血なんてどうでもいい。赤ん坊は誰とも繋がっていないまっさらな存在だ。なぜ人間は子どもを産んで、何度も同じことを繰り返すのか。私は長年、それが不思議だった。人類を長いスパンで見ると、もう一度同じことを勉強して、上の世代と似た存在になれるように努力するのは、意味がないと感じる。そんな風にするよりも、ひとりの人が長く生きられるようにした方が効率的ではないか。自分が神だったら、死というものをなくして、ひたすら長生きできるようにし、個人で勉強を続けさせ、どんどん頭が良くなるようにする。新しい子どもが、また一からやり直しをして生きていくのは、無駄な努力が多く、人類の発展に繋がらない。

だから、神がそうしなかったのは（神がいないとしても、地球は生物の発展を目指しているはずなのに、そういう流れになっていないのは）、同じ個人がだらだら生き続けるよりも、新しい存在が新しい生き方をして、まったく違う道を模索した方が、発展がある、ということなのではないだろうか。

つまり、まったく違う存在が何度も生まれて、次々と多様な生き方をしていった方が、地球が存続し易《やす》くなるのではないか。

夫婦は長く一緒にいるうちに似てくると言われる。養子として育てている子も、親に似てくるかもしれない。暮らしを共にしていたら、誰だって似通ってくる。表情の作り方や、所作や、言葉の選び方などが、似た雰囲気になってくる。でも、それをことさらに言うのも、私の好みではない。

「似ているね」と言うのは枷《かせ》になる。「それぞれだよ」と言う方が自由に生きていける。

私のところにいる赤ん坊も、親と自分が似ているかどうかなど微塵《みじん》も考えずに、私が想像もできないような新しい生き方をしてくれたら嬉《うれ》しい。もしかしたら、現時点では、顔つきが私や夫に似ているところもあるかもしれないが、そんなことは私も夫もできるだけ気にしないようにしたい。そして、自分たちからどんどん離れていって欲しい。

それに、似ているところを見つけると、自虐ネタを言うときみたいに、つい、人前で謙遜《けんそん》したくなってしまう。「こんな顔で苦労しないだろうか」だの、「性格も私に似たら大変ではないか」だのといったことも頭に浮かんでしまう。こういう感覚が盛り上がっていったとき、虐待が起こるのかもなあ、とも思った。自分と繋がりが切れていない存在だと、自分が自分を苦しめるのは自分の自由だと感じるのと同じように、子どものことも苦しめて構わない、成長させる目的だったら躾《しつけ》として苦しめていい、という考えが湧いてきそうだ。

でも、まったく新しい存在が、たまたま自分の側《そば》にいるだけ、と考えると、苦しませるなんてできない。

唯一無二の赤ん坊が家にいるなあ、と思いながら、今後も育てていきたい。

9　一ヵ月の赤ん坊

私と赤ん坊は一ヵ月ほど、繭《まゆ》の中で楽しく暮らしていた。「産後はしっかり体を休めないと復調しないから」と家事はほとんど夫がやってくれて、私は赤ん坊に乳をやったりおむつを替えたり、育児についての調べ物をしたりして、ぬくぬくと暮らしていた。ただ、共働きのために夫が時短勤務をすることになったのだから（もちろん、「町の本屋さん」にそんな制度はない。でも、「給料を減らしてもらって構わないので、育児のために時短勤務ができないでしょうか？」と私の妊娠中に、社長に相談してもらったところ、社長やお店の方々のご厚意で赤ん坊が一歳になるまでの勤務時間の短縮ができることになった）、自分も働くべきだ、という意識はあった。出産前から「フリーランスの大黒柱なのだから産休育休は取らずに執筆の仕事を続けよう」と決めていたのだが、赤ん坊が可愛くてたまらないのと、目を離したら死ぬのではないかという怖さがあって、一ヵ月はほとんど執筆しないで過ごしてしまった。

だが、とうとう一ヵ月が経《た》った。さすがに家事に復帰し、仕事も始めたくなった。外界に出るのだ。

赤ん坊が生まれて一ヵ月と一日目の夕方、私は初めて赤ん坊と離れ、ひとりで外出した。

イラストレーターのフジモトマサルさんのお別れ会のためだった。亡くなったとき、ご葬儀は近親者の方だけで行われて、私は自宅でそのことを知って、ただ目を閉じただけだった。そして、こちらの勝手な思いなのだが、目を閉じるだけ、というのがどうもつらく感じられてしまった。だから、この会には、どうしても行きたかった。

「絶対、行った方がいいよ」

夫は私を送り出し、初めてひとりで赤ん坊と留守番をした。

とても素敵な会だった。司会も建物も展示も雰囲気も、素晴らしかった。ただ、気になったのは、みんなに「おめでとう」と言わせてしまったことだった。出産した人が来れば、そりゃ、「おめでとう」と言わざるをえないだろう。それを言うことで、きっと、つらい思いをした人がいただろう。私が行ったことは本当に良かったのか。エゴだったのかもしれない。

その五日後には、美容院へ行って、白髪染《しらがぞ》めというものを初めてやった。

「産後はなかなか美容院へ行けない」と周囲から聞いていたので、入院する前日に、笑えるほど短く前髪を切ってもらった。

　ここしばらくカラーリングはしないで黒髪で過ごしていたのだが、白髪がぽつぽつ生《は》えてきたな、というのは数年前から気がついていて、見つけたらハサミで切っていた。でも、だんだんと「このまま切り続けたらハゲるんじゃないか」というくらい増えてきた。入院中、病室で手鏡を見ると、おばあさんみたいな自分に驚愕《きょうがく》した。「母親と言えば、『若い女性』」というイメージを持つ人たちにとって私は異質な存在だろう。私は入院中に小説の直しやゲラのやり取りをしていて、(『美しい距離』という中編小説の発表が、ちょうど出産直前になった)、編集者さんに病院にゲラを取りに来てもらったり、バイク便の人にゲラを渡したりしていたのだが、そういう人と会う前、「この頭じゃさすがに」と、ちまちまと白髪を切った。それで、「退院したら、白髪染めをしよう」と強く思っていたのだ(インターネットで検索したら、三十代後半で白髪が生えるのは普通らしく、もう「若白髪」でもないらしい。「妊娠、出産で抜け毛や白髪が増える」という説もあるようだが、真偽はよくわからない)。とはいえ、「美容院に行けるのは赤ん坊が三ヵ月になった頃かな」と思っていた。でも、お別れ会のとき、本当にちゃんと夫がひとりで赤ん坊を見ていられるのか不安でたまらなかったのに、家に帰ったら赤ん坊も夫もけろりとして仲良く元気に過ごしていた。考えてみれば、私がひとりで赤ん坊を見ていられるのだから、夫だってできるに決まっている。

美容を我慢したところで、自己犠牲の気分に酔えるだけのことだ。「勝手に頑張って、そのあと勝手に文句を言う」ということを避《さ》けるためにも、やりたいことはやった方がいい。夫も親だ。夫は赤ん坊を預かるのではなく、ただ自分の赤ん坊を見るのだ。髪を切ってカラーリングをしたら、「これで、他人に会える」という感覚が強く湧《わ》いてきた。

さらにその五日後、ちょうど年度が変わったので、NHKの「ラジオ英会話」を聞き始めた。

今の私の世帯は、明日のパンにも困るような状況ではないにしても、貯金をあまり作れていないし、大黒柱の私は将来が保証されていない職種なので、収入が途切れると子育てに大きな不安が出てくる。

しかし、「ただ、書き続ければいい」というものではないだろう。

私には同世代の作家の友人が何人もいる。十年ほど前から知っている彼らは、出会った頃は私と同じような仕事の環境にいて、似たような生活レベルだった。「これから頑張って文学シーンを盛り上げていこう」と、一緒に旅行に出かけたり、みんなで食事をしたり、楽しく過ごしていた。だが、あっという間に、私の仕事だけ急降下して（本の部数や、社会的評価などが著《いちじる》しく下がって）、他の友人たちはどんどん素敵な仕事をしていって、今では大きな差ができてしまった。それを、「もともとの才能の差があったから」と捉《とら》えることもできるのかもしれないが、私はそうは思わない。努力の差だ。

　私は努力をできていなかった。仕事を辞《や》めてはいなかったが、努力をしていなかった。

　たとえば、英語のことだけでもわかる。出会った頃は、私と同じようにカタコトで英語を喋《しゃべ》っていた友人たちが、今ではぺらぺらになっている。海外旅行をどんどんしたり、小説を英訳してもらうという夢を叶《かな》えようとしたりしている。どう考えても、彼らは英語の勉強をしたとしか思えない。私は勉強をしなかった。

　私は、「『ぶす』等のバッシングに耐えるのが作家の仕事だ」と間違った考えを持っていて、小説に集中できていなかった。また、自作を批判されたときに、「つらい」としか思えず、まるでこじきのように褒《ほ》め言葉《ことば》を恵んでもらうことを求めていて、「批判してもらったことをきっかけに勉強しよう」という発想を持てていなかった。

　五年ほど前、私はスランプに陥《おちい》り、パソコンの前に座ると、涙がだらだらと落ちてくるようになった。作家になる前は、誰に読ませるというのではなくて、自分だけが読む文章を書くのが楽しくてたまらなかった。しかし、作家になってからは他人の目を気にするようになってしまい、バッシングや批判が相次ぐようになってからは、自分自身にも自分の書く文章にも自信が持てず、書くことが楽しくなくなっていった。ひたすら、嫌な自分を見る作業なのだ。そして、出版が怖い。以前のような部数ではない、書評が出ない、著者インタビューの依頼が来ない。そういう環境を受け止める勇気が持てず、また、恥ずかしいという感覚も湧く。そして、売れない本を出すと、その次に出す本の部数がもっと減るのではないか、と危《あや》ぶんだ。書き溜《た》めていたものを本にしてもらえる、というチャンスが来ても、それを遅らせたい、と考えるようになった。

スランプに終わりが訪れたのは、二年前に流産をして、その半年後に父を亡くした頃のことだったと思う。喪失体験があってから、すべてが吹っ切れ、恥の感覚もなくなった。前に本がどれだけ売れたか、自分が文学シーンでどのような扱いをしてもらえていたかはきれいさっぱり忘れて、また一からやればいい。初心に返って、自分の仕事を突き詰めるしかない。他の人のようなものは書けない。他の仕事は、他の人に任《まか》せればいいのだ。文学シーンの隅っこで、細かな仕事をするだけでも立派ではないか。これまでも、文学史に残らない仕事をした文学者はたくさんいた。そういう人たちはいなくても良かったのかというと、そんなことはない。仕事の痕跡《こんせき》は残っていなくても文学史の流れを変えている可能性がある。泡《あわ》のような仕事に、一所懸命になることはかっこいい。社会的にどの程度の影響力を持つかというのは、とりあえず、今の自分にとってはどうでもいい。書きたいことがあるときは、こつこつ努力するしかない。友人たちと比べる必要はないが、友人を素晴らしいと思うのなら、自分も努力するしかない。今からでは間に合わないこともあるだろうが、間に合うこともあるのではないだろうか。

それで、まずは、「ラジオ英会話」を始めることにした。「ラジオ英会話」なら、テキスト代だけで済むので、英会話教室に通うよりかなり安くあがる。一日十五分で、時間もあまり取られない。まあ、英語は文学に関係ないのだが、とにかく、一歩ずつでも何かを進められているという感覚が持てる。子育て中でも、自分のやりたい勉強が少しでもできていると思うと、自信が湧く。ときには乳をやりながら、ときには抱っこしながら、私はラジオを聞いた(平日は同じプログラムが一日に三回流れ、日曜日には五日分のプログラムが一気に放送される。そのため、聞き逃《きのが》しても、チャンスが何回か訪れる)。この文章を書いている今までのところ、一度も聞き逃していない。英会話力はまだほとんど付いていないが、続けられているということに喜びがある。そもそも英会話力を身につけることよりも、「育児中でも、自分のための努力を続けている」という自信を持つことが一番の目的だ。赤ん坊と毎日過ごしていると、自分だけがなんの成長もせず、社会から自分が置いてけぼりにされている感覚をつい抱いてしまうが、ほんの少しでも勉強っぽいことを続けていられると、その感覚が薄らぐ。

そして、少しでも英会話の能力が上がったら、いつかまた、作家の友人たちと旅行ができるかもしれない。外国の文学賞を受賞したときに、英語でスピーチができるかもしれない。拙著《せっちょ》の英訳の夢に一歩でも近づけるかもしれない。

以前、演出家の宮城聰《みやぎさとし》さんが「アイデアは誰でも思いつく。似たようなアイデアから生まれる作品がたくさんある。だから、アイデアを思いつくことが大事なのではなくて、アイデアにどれだけ拘泥《こうでい》しているか、そのアイデアにどれほどの情熱を持ってアプローチできるかが重要なのだ」というようなことをおっしゃっていた（少し違ったかもしれないが、私はそういう風に受け取った）。小説もそうだ。アイデアは言葉のためにある。アイデアを表現するために言葉を使役したら本末転倒だ。アイデアに関係ないことも含《ふく》めて、細かく細かく織り上げていくのだ。書きたいように書く。他の人が、「それは小説ではない」と指摘しても、それはその人にとっての小説ではないというだけなのだから、私は自分の思う小説を自由に書くしか、やっぱりできない。わかり易《やす》いアイデアでなくてもいいのだと思う。そんな風に考えて、自分のやるべきことが少しずつ見えてきた。

週末、夫が赤ん坊を見る日に、私は図書館へ行き、小説とエッセイと文庫解説

(『春琴抄《しゅんきんしょう》』の解説文の依頼があった)の仕事のための資料を借りた。その帰りに、赤ん坊の雑貨をたくさん売っている店に寄った。この頃、どうも赤ん坊が泣き止《な》《や》まなくなった。「魔の三週目」という言葉があるらしい。生まれて三週間ほど経った頃から、赤ん坊が、「あれ？　ここは腹の中ではない」と、自分が外界に出ていることに気がつき始める。世界に不慣れな赤ん坊はそれで泣いてしまうらしい。私のところの赤ん坊は、一ヵ月の初めの頃にやはり「なんなんだ、ここは」と訴えるように泣き出した。メリー(ベッドの上などに設置して、くるくる回るのを眺《なが》めて楽しむ大型のオモチャ)があると安心して泣き止むという情報を得て、私はそれを購入した。立てると腰ぐらいまである大きなオモチャの箱を脇に抱え、本十冊をリュックに入れて背負って帰路に着いたとき、「もう、産後は終わった」と強く実感した。重いものも運べるし、どこへでも行ける。仕事も勉強もできる。

日本にはお宮参りという風習があって、赤ん坊が生まれて三十日前後の頃に、産土《うぶすな》神《がみ》に参拝する。必ず行わなければならないことでもないのだが、母や義父母が喜ぶのではないか、と考え、神社に連れていくことにした。

私の母と妹とその夫、それから、夫の両親と共に、祈禱《きとう》を受けた。家に帰ってきて、寿司を取り、私が焼いたケーキを出した(もう、ケーキを作るくらいの余裕があるよ

うになっていた)。私は赤ん坊の写真を撮りまくった。自分は写真に写るのが苦手な

のに、赤ん坊のは撮ってしまう。赤ん坊ももしかしたら写真など嫌いかもしれないが、まだ意思表明をしないので、こっちの気持ちで撮る。

最初の頃は「赤ん坊はおしゃれなどしなくて良い」と思っていたのに、私は赤ん坊のファッションに散財するようになってきた。一枚でも可愛い写真が撮れたら、もう服代の元が取れたような気がしてくる。それで、私の服の五分の一程度の布しか使っていないのに、私の服よりも高い赤ん坊の服を買ってしまう。

赤ん坊自身は服なんて気にしていないだろうが、大きくなって写真を見たときには気にするのではないか。

少しずつ、赤ん坊も私も、外の世界を見るようになっていく。

10 眠り

「赤ん坊が生まれると、多くの親が睡眠不足で苦労する」という噂話《うわさばなし》がある。

生まれたての赤ん坊は昼夜の区別をしないので、夜中も昼間と同じように何度も起きる。一ヵ月くらいまでは、一日の大半を寝て過ごしているのだが、短い区切りで目を覚ます。起きたときは必ず泣き、のんびりと朗《ほが》らかに過ごすという時間がない。だから、数時間ごとに赤ん坊の泣き声が部屋に響く。

泣く理由はいろいろあるが、大体は空腹だ。胃が小さくて一度にたくさんは飲めないし、母乳は腹もちが悪いしで、三時間置きに授乳しなければならない。

そのため、赤ん坊と共に過ごす人は、細切《こまぎ》れ睡眠《すいみん》を行うことになる。長時間ぐっすり眠るということは、まずできない。

出産前は、「私も睡眠不足で苦しむのではないか」と不安を抱いていた。

私はもともと寝つきが悪かった。「さあ、寝よう」と布団《ふとん》に入っても、二時間くらい眠れなくて、うつうつと暗い考え事をし続けてしまう夜がある。そして、入眠に時間がかかると、朝に寝坊する。一日のリズムが崩《くず》れたり、眠り足りない感じで頭がぼうっとしたりして、仕事が上手《うま》くいかなくなる。だから私は自分のことを「睡眠に対してデリケートだ」と思っていた。睡眠が十分に取れなかったり、リズムが乱れたりといったことが続くと、作家生命に関わる、とまで考えた。小説のために、きちんと眠れる環境で毎日過ごさなくては、と力んでいた。

しかし、いざ赤ん坊と暮らし始めたら、平気だった。

泣き声が聞こえて目が覚めたとき、少しだけ「つらいなあ」と感じるのだが、出産前から「三時間置きに起こされる」というのは知っていて、覚悟があるので大丈夫だ。パッと布団をはねのけて起き上がり、ベビーベッドの柵《さく》を下ろして赤ん坊を抱き取れば、はっきり覚醒してつらさは霧散《むさん》する。おむつ替えも授乳も、毎回同じことをするので、慣れてしまえば難しくない。赤ん坊が生きているのを確認して、小さい手やふっくらした頰《ほお》に触って、どんどん楽しくなってくる。

赤ん坊に生活リズムを教えるためには、前日の寝つきが悪くて睡眠が足りなさそうな場合でも朝七時に起きてカーテンを開けるのが良いらしいので、私は赤ん坊と一緒に七時に起きるようになった。すると、赤ん坊が生まれる前の「夜になかなか寝つけなくて、朝に起きられなくて、いつも頭がぼんやりしている」という頃より、楽になった。睡眠時間の合計は短くなったはずなのに、すっきりした気分になる。三、四時間しか眠れていなくても、頭が働く。

それで、わかった。自分のことを「寝つきが悪い」と思っていたのは、むしろ寝すぎだったのに違いない。

おそらく、私はどちらかというとショートスリーパーなのだ。睡眠が二時間だとさすがにアウトで、パフォーマンスが落ちて仕事ができない感じになるが、三時間だとぎりぎり大丈夫だ。ベストは六時間みたいだ。それなのに私は、これまでずっと、「睡眠時間は八時間以上必要だ」と思い込んでいた。作家の友人たちは長く眠る人が多くて、「最低八時間は眠らないと駄目」「本当は十時間寝たい」といったことをよく耳にしていた。「そうか、頭を使う仕事だから、長時間睡眠が必要なのだな。私もちゃんと寝よう」と思っていた。でも、実は私はみんなみたいに頭を使っていないのか、短くても平気な体質だった。これまでは、八時間眠っていたから夜に寝つけなかったのだ。赤ん坊と暮らし始めてから、私は寝つきが良くなった。「さあ、寝よう」と思ったら、すぐに眠れる。睡眠時間が短ければ、スムーズに入眠できる。

逆に、夫はロングスリーパーだ。赤ん坊が退院して、家で一緒に暮らし始めると、夫も赤ん坊が泣くと起きるようになった。よくやるな、と私は驚いた。もともと夫は、休みの日は昼過ぎまで寝ている眠り好きで、大きな物音を立ててもなかなか起きなかった。でも、赤ん坊が来てからは変わった。夫は、育児に対して、やる気に満ちていた。

赤ん坊が泣くと、すぐに起き上がり、おむつ替えをしたり、ミルクを作ったりする。だが、しばらくして、昼間の夫のパフォーマンスが落ちていることに気がついた。顔つきからしておかしく、「おいおい、大丈夫かよ」とこちらに思わせる。夫は朝四時に起きて書店へ行き、本を並べるのだが、本当に荷開け作業に影響は出ていないのだろうか。そのあと、ちゃんと一日就業できているのか。ミスなく本を売ることができているのか。お客さんに失礼な態度を取っていないか、と心配になる。

それで、次の日が休みのときだけ、夜に起きてもらうことにしてみた。すると、今度は休みの日のパフォーマンスが落ちて、夫と一緒に過ごすのが楽しくなくなった。昼間の赤ん坊の世話をだらだら行い、かえって能率が下がっているように見える。

だから、「夜は私が起きるから、夫は昼間に頑張る方針にしよう」と提案した。夜中は全部私がやる。その代わり、夫がいるときは、私ができることでも、夫がするようにした。夫が起きて家にいる時間帯は、ミルクはすべて夫が作る。「うんちしているみたいだから、おむつ替えてくれる?」とおむつ替えも夫に譲《ゆず》る（話がずれるが、「イクメン」など、「育児を頑張っている」と言い張る父親で、「おしっこのおむつ替えはするが、うんちのおむつ替えはしない」という人がいるらしくて、ものすごく驚いた。私には意味がわからない。そういう「イクメン」は、うんちをしているのがわかったら、「うんちをしているよ」と妻に教えるという。その、「妻に教える」というのが育児だ、と考えているらしい。「お母さんはうんちのおむつ替えができてすごいね。やっぱり、女性は素晴らしいなあ」と女性を褒《ほ》めるのが育児だと思っていて、それだけで自分が良い父親をやっていると感じられるみたいだ。「ばかじゃないか」と私は思ってしまった。もしも私の夫もそんな風だったらどうしよう、と不安だったが、最初から率先してうんちを拭《ふ》いていたので、良かった。夫は、「女性は違う」「母親はすごい」といったことを一切言ってこないで、普通に親同士として接してくれるので、ありがたい)。

睡眠に関しては、人それぞれ体質がある。これは男女の差ではなく、ロングスリーパーかショートスリーパーかの差だと私は思う。友人たちを見ていると、私たちと逆のカップルもいる。だから、妻がロングスリーパーの場合は、夫が夜の授乳に対応した方が効率的だろう。

とにかく、私の場合は、夜の育児が平気だった。

しかも、赤ん坊は生後二ヵ月になると、もう昼と夜の雰囲気が変わってきた。もちろん、まだ夜中に起きるが、昼ほどには起きなくなる。夜中に起こされる回数が、四回から三回に、三回から二回に、二回から一回に、だんだんと減っていった。

赤ん坊にも体質の個性があって、夜にたくさん起きる子、月齢が上がってからの夜泣きが大変な子もいる。

私のうちにいる子どもは、長く眠る。だから、かなり楽だった。赤ん坊が生まれる前は、私の起床時間はばらばらで、十時くらい、ときには昼近くに起きることもあった。だが、最近になって早起きをする気持ち良さを知った私は、そのあと、今度は四時に起きてみた。すると、もっと気分が良くなった。

なぜ睡眠が人間に必要なのかは、まだきちんと解明されていないようだが、記憶に関係しているのではないか、と推測されている。起きているときにいろいろなことを経験して頭の中がごちゃごちゃになっているので、眠っている間に記憶の整理をしないと大変なことになるらしい。

でも、ただ長時間眠ればいいわけでもないようだ。個人としての睡眠だけでなく、朝を感じる、といった地球の睡眠（夜は地球が寝ていると考えるならば）との連動も大事なのではないかな、と私は想像した。

そういえば、二十代の頃はよく友人たちと酒を飲みに出かけていて、夜遅く、ときには明け方に眠ることもあった。あれはあれで楽しかったが、疲れた。酒と夜の相性は素晴らしく、体を駄目にしながらみんなと一緒に夜の底に落ちていく感覚があった。若いからやれたのだと思う。妊娠中や授乳中はアルコールを控《ひか》えるので、そのおかげで早起きができるようになったのかもしれない。とにかく、夜は寝て過ごし、朝は起きる、というだけで、疲れなくなる。

どうして若かったときは酒を飲みたかったのかな、と振り返るに、眠るのが怖かったんじゃないかな、と思う。疲れ切っていても、夜の底でひとりきりになって意識をなくすことに恐怖を覚えた。

きっと、赤ん坊もそうなのだ。眠かったらすんなり寝ればいいのに、眠いという理由で泣いて寝ないのは、やはり眠るのが怖いのに違いない。寝そうになって、ハッとして目を開けて、また寝そうになって、再びハッとして目を開けて、本当は寝たくない、という顔をするときもある。目を瞑《つむ》って、まるで死ぬときみたいに意識が遠くなるのが、とても寂しく感じられるのだろう。

睡眠は孤独だ。ひとりだけで夜の底に行って、記憶の整理を行わなくてはならない。

以前は、睡眠時間を無駄な時間だと捉《とら》えていたが、年を取ってそうも思わなくなってきた。誰とも交流せず、自分も自分を意識することのない、寂しい時間だ。でも、その寂しさに情緒を感じる。年を重ねる度に孤独に慣れていく。

赤ん坊も、少しずつ孤独に慣れて、いい睡眠時間を取れるようになっていってもらいたい。

それにしても、赤ん坊の睡眠時間が大人の睡眠時間よりも長いことはありがたい。もしも、これが逆だったら本当に大変だっただろう。

11　二ヵ月の赤ん坊

赤ん坊が、ふわっと目元と口元をゆるめた。

「あ、笑ったよ。早く」

夫を呼ぶ。

「本当だ。写真、写真」

だが、スマートフォンを構えるとするりと笑みは消えて真顔《まがお》に戻った。

「でも、確かに、笑顔だったよね」

先ほどの赤ん坊の顔を頭の中に呼び戻し、「新生児微笑《しんせいじびしょう》とは違ったよな」と確認する。あれは、こちらに目を合わせ、「笑っている」ということを伝えたがっている表情だった。コミュニケーションだった、と思う。

新生児微笑というのは、生理的微笑とも呼ばれるもので、本人の自覚がない笑いだ。新生児は意識せずに口角をきゅっと上げ、微笑のような表情を作る。大抵は寝ている間のことで、目は閉じたままだ。「新生児期の笑顔は本当の笑顔ではない」ということがよく言われる。私のところにいる赤ん坊は、この新生児微笑をあんまりしなかったのだが、二、三回、寝ているときにきゅっと口元が引き上がるのを見た。その顔は、今見たのと、まったく違った。

まだ私も夫もいっしょくたに認識していて、誰とも個別に仲良くなろうとはしていない赤ん坊だが、人間というものが自分の側にちらちら現れるというのはわかり始めたようだ。それで、人間全体に笑顔を向けよう、という意思を持ち出したのに違いない。

それから、二日ほど間を開けて、また笑顔に出くわした。そうして、赤ん坊はしばらく、二日置きに笑った。

赤ん坊の顔を見ながら考えた。状況や赤ん坊の雰囲気からして、面白いだとか楽しいだとかという感情はこの顔にともなっていなさそうだ。コミュニケーションだ、とは感じるのだが、笑いの対象はない気がするし、楽しい空気を私と共有しているようにも思えない。赤ん坊は、人間という存在と円滑《えんかつ》に関係を築きたいと思い始めたみたいだが、感情は湧《わ》き起《お》こっていない。では、なぜ笑顔を良いものだと思ったのか。おそらく、赤ん坊は私の顔を真似《まね》しているにすぎないのではないか。赤ん坊が笑う前に、必ず私が笑っているのだ。つまり、世に言うところの、「つられ笑い」だ。会社などで大人もよくする。上司が笑っているとき、何が面白いかわからないのに、場の空気を乱さないために、真似をしてなんとなく笑う、という非常にかっこ悪いあれだ。赤ん坊は、私に気を遣っているのではないか。側《そば》でちらちらしている人間たちのいずれもが自分の世話をしているように感じられ、そういった人たちと同じ表情をしてご機《き》嫌《げん》を取らなければ、と必死になっているのではないか。

笑顔というものを明るくてまっすぐなものだと思っていたが、少し違うかもしれない。

日にちが経《た》つに従って、三日に一度だったのが、毎日笑うようになり、日に二、三回は笑顔を見せ始めた。

笑顔が増えるのは、「笑うといいことがある」と学習してのことだという。笑うと周囲の人々が喜ぶというのを敏感に察知しているのだろう。そうすると、世話をしてもらい易《やす》くなる。つまり、ただのコツということだ。生きていくコツはよく笑うことだ、と思って笑っているのだ。てらいのない、純粋な行動ではないのだ。

表情というものが進化の過程でどのようにでき上がっていったのかを私は知らないが、社会的動物である人間が、他人に出くわしたときに、媚《こ》びへつらったり、敵意がないことを表すために作ってきたのではないか。

その顔を見て喜んで、「では、世話してあげよう」と思うのは人間として浅いのではないか、という気がしてきた。「笑顔なんてなくったって、世話するよ」という気概を見せたい。

笑顔だ、笑顔だ、と騒いで、写真を撮ろうとするのも、低次元な行動に思えてきて、慎《つつし》むようになった。

でも、照れ笑いのような表情でふわっと目を向けられると、どうしても心を揺《ゆ》さぶられて、「うわあ、好きだあ」と思ってしまうのだった。


ただ、笑うようになったとはいえ、泣いている時間の方が圧倒的に長い。腹は満ち、おむつはきれいで、部屋の温度も湿度も丁度良く、体の具合が悪いわけでもなさそうなのに、泣いている。「世界に不慣れだから」と前々回書いたが、だからと言ってどうすれば良いのか。「ここはいいところだよ」「きっと幸せになるよ」と話しかけてみるが、言葉は通じず、泣き叫び続ける。

少しずつわかってきたのは、どうも赤ん坊は「体を縦にしたい」「相手と体を密着させたい」という思いを強く抱いているらしい、ということだ。縦に抱っこをすると、泣《な》き止《や》む。抱《だ》っこ紐《ひも》で抱っこをすると長い時間、機嫌良く過ごしてくれるので、家の中でも抱っこ紐を着けることが多くなった。抱っこ紐をすると、他のことができる。ただ、屈《かが》んだり、体勢を変えたりするときに、抱っこ紐からすぽっと赤ん坊が落ちてしまう事故が多発しているらしいので、上半身の姿勢は変えないで、ロボットのように動いた。朝食は、バナナと小松菜のスムージーにする。バナナは手で皮を剝《む》き、小松菜なんて手で根っこを千切って、ミキサーにかける。昼食は、フルーツグラノーラだとか、冷凍ごはんを温めて鰹節《かつおぶし》を散らしたのだとかにする。すると、火や包丁《ほうちょう》を使わないので、抱っこ紐をしたまま作れた。赤ん坊の頭に落とさないように気をつけながら、スプーンを口に運ぶ。入院しているときは、栄養がしっかり計算された食事だったが、管理される生活を長く続けるとやっぱりつらくなってしまうもので、「おかごはんを自分で作って、好きなタイミングで食べたい」ということをしきりに思っていたから、こういう食事でもすごくおいしく感じられた。

しばらくそうしていたのだが、丼《どんぶり》一杯フルーツグラノーラを食べていたとき、いつまでもこれでは駄目だ、と思った。授乳中だし、栄養のことも考えなければ。それで、「泣いていても、自分の昼食の時間が来たら赤ん坊を下ろす」というルールを決めてしまうことにした。病気や怪我《けが》があるわけではないのなら、泣いたままでもそんなに気にする必要はないようだ。昼食には、「生野菜と温野菜とタンパク質、それから、海の物と山の物を必ず入れる」というルールも作ることにした。これは結構簡単で、ほうれん草と挽肉《ひきにく》を炒《いた》め、ミニトマトを添え、湯にコンソメを溶かして乾燥ワカメを落としてスープにする、という程度でクリアできる。海の物と山の物というのは、黒柳徹子さんの『窓ぎわのトットちゃん』に出てくる小学校で、お弁当には必ず海の物と山の物を入れること、という決まりがあったので真似してみることにした。

また、抱っこ紐をしながら本を読んだり、ゲラをチェックしたり、パソコンを開いてエッセイを書いたり、といったこともするようになったのだが、やっぱり小説の執筆は赤ん坊と一緒だと集中がなかなか難しい。それで、夫が帰ってきたら子守りを交代して、カフェに行くことにした。これはすごく良かった。

赤ん坊といるときに赤ん坊と離れたいと思うことはなかったのだが、赤ん坊と離れて家の外に一歩出るだけで自分の気持ちが解放されるのがわかった。世の多くの人の「育児には休みがないからつらい」「憂鬱《ゆううつ》になってしまう」といったつぶやきが理解できるような気がした。

別に仕事のためでなくても、散歩だとか買い物だとかでも、赤ん坊と三時間ほど離れて外に出るのはとても重要なのではないだろうか。私は、「赤ん坊の世話で憂鬱になることは全然ない」と感じているが、それは、憂鬱になる前にこんな風に毎日数時間外に出られるようになったからだと思う。憂鬱というのは、ボタンをひとつ掛け違えるだけでばたばたと押し寄せてきて、自分ではどうにもならない状態に急に陥《おちい》るものだろうから、もしも、この「カフェまでの道を歩く」「ひとりで飲み物を飲む」というのが数ヵ月なかったら、私だっていつブルーになったかわからない。

三時間置きに授乳をしていたので、出る直前に授乳をして、カフェへ行って、三時間で帰ってくることにした。歩いたりぶらぶらしたりもしていたので、正味、二時間ほどしか仕事はしていなかったが、それでも、原稿はそれなりに進んだ。会社員をしながら作家活動をしていた人が、辞《や》めてからはなかなか集中できなくて、意外と会社の仕事と並行していたときの方が書けた、という話に似て、育児中の方が書ける、ということもあるのかもしれない、と思った。

　また、ときには搾乳《さくにゅう》した母乳（器具を使って母乳をしぼり、冷蔵庫に保管しておく）か、粉ミルクを夫から赤ん坊に与えることにして、六時間出かけることもした。やはり、長い時間離れると赤ん坊が気になってくるが、スマートフォンを持っていると、LINEや電話で夫から様子について連絡をもらったり、育児アプリでチェックしたりして、安心できた。育児アプリは、与えたミルクの量と時間、おしっこやうんちの有無と時間、といったメモができるもので、私からも夫からも入力できるように設定しておくと、外出先からでも赤ん坊がミルクをどの程度飲んで、おむつをいつ替えたかがわかる。何時に授乳したか、おむつがどんなだったか、というのは管理していないとよくわからなくなってくる。生まれたばかりのときはノートに手書きで記入していたのだが、手書きだと面倒でつい「あとで書こう」となり、あと回しにするとどんどんよくわからなくなってきたので、アプリでつけることにした。そうすると、「授乳の間隔が空《あ》くようになったな」「うんちの回数が減ったな」などもわかるし、体温も入れておくと、平熱もわかってくる。

新生児の頃は昼も夜も関係なく泣いていたが、少しずつ夜に寝る時間が長くなっていき、夜の授乳間隔が空いていく。私が夜に起こされるのも、一、二回になってきた。そして、授乳に時間がかからない。赤ん坊も私も、授乳に慣れてきたのだ。飲み終わると、夜は寝てしまう。代わりに、昼間に何もせずに起きている時間があるようになった。以前は寝るか泣くかしかしていなかったのに、ぼんやりしているときがある。せっかくなので、絵本を読むことを始めた。「何もわからないうちから本を読んであげよう」と、産む前から決めていた。サリンジャーの『フラニーとゾーイー』で、兄のシーモアが赤ん坊のフラニーに本を読んであげたことを大人になったフラニーがいつまでも覚えている（と主張する）シーンがあって、憧れた。夫は朗読が上手《うま》い。毎日、風呂上がりに私が赤ん坊を抱っこして、夫が絵本を読んだ。

「見てるよ」

「見てるね」

本の方に赤ん坊が目を遣《や》って、絵柄《えがら》を注視していると感じられるだけで私たちは喜んだ。赤ん坊は大抵、途中で泣き出した。絵本を見せられることを喜んでいないのだろう。

それでも、執念深く読み聞かせた。夫がいないときは、私が読んだ。しつこくすることで本嫌いになるかもしれないが、本を読み聞かせするのは長年の夢だったから、本気で嫌がり始めるまでは、こっちの勝手な思いだが、止めたくない。ただ、毎日読んでいると、赤ん坊はどうかわからないが、こっちが飽《あ》きてくる。それで、次々と新しい絵本を買った。派手な色だと、結構視線を向けるので、はっきりした色合いならなんでも良いと思うようになった。

赤ん坊向けの絵本というのは大概同じ雰囲気で、「わんわんわん」「みょーんみょーん」など、オノマトペばかりでできあがっており、他愛ない内容だった。これだったら私にも書けるのではないか、という気がしてきて、取っておいた去年のカレンダーをハサミで切って半分に折り、裏を糊《のり》でつなぎ合わせて本の形態にし、余白に平仮名《ひらがな》ばかりで「はな　ぽんぽん」だの「やま　むわーん」だのといったくだらない言葉を油性ペンで書き込んで絵本を作った。それは熊谷守一《くまがいもりかず》のカレンダーで、はっきりした色合いだったので、赤ん坊ウケはわりと良かった。

12 ファッション

高齢出産は、周囲の人から、子どもを孫と間違えられることがあるかもしれない。三十七歳で出産した私の場合、もしも十九歳で子どもを産んで、その子どもが十八歳で子どもを産んだとしたら、今の赤ん坊と同じ年になるので、自分の年齢で祖母になっている人もいるだろう。

妊娠中にインターネットを開き、「孫と間違えられる」「祖母と間違えられる」などのキーワードで検索してみたことがある。やはり、そういう人がいた。相談サイトには、近所の人に「可愛いお孫さんですね」と声をかけられて返事に困った、子どもの友だちから「○○ちゃんのママ、おばあちゃんみたい」と言われて気まずい思いをした、といった相談が寄せられていた。そして、そういった相談に対する回答の多くが、「子どものためにおしゃれをする」「年取ったママじゃ子どもがかわいそうだから、できる努力はする」といったものだった。私は「何それ?」と首を傾《かし》げた。母と思われるためにおしゃれをする、ということに、私は強い違和感を覚えた。

おしゃれをしたり若作りをしたり、といったことは、自分自身がそういう行為を好きだからやることで、「子どものために」というのはやってはいけないのではないか？と私は思うのだ（大島弓子さんの『サバの秋の夜長』（白泉社文庫）の中に、「あんたのためにということばはいついかなる時も美しくない」という科白《せりふ》があった。それ以来、私は「〇〇のために」という言葉を疑っている）。

それで、「祖母と間違えられるのは仕方ない、とすっぱりあきらめるのが一番いいな」と考えた。おそらく、インターネットの相談者たちも、「間違えられないように若作りしたい」のではなく、「間違えられたときに相手も自分も気まずくならない上《う》手《ま》い返し方を知りたい」という程度の気持ちだったのではないだろうか。

とりあえず、「孫じゃなくて、子どもなんですよー」と正直なところをそのまま言うか、「はっはっは」と笑ってごまかせばいい、と思っている。今のところは孫と間違えられたことはないのだが、これから保育園や学校に通い始めて、私も四十代、五十代、となっていったら、そういうこともあるかもしれない。

髪型も服も化粧も、自分の好きな風にしたい。おばあさんっぽい服だってときには着たい。母親っぽい服になんて、とらわれてたまるか。

相談サイトといえば、以前、「女子トイレに入るときに、不審がられてしまう」という相談を見かけたことがある。相談者は、背が高くてファッションがシンプルなので男性と間違えられ、じろじろ見られたり、「出ていってください」と注意されたりするので困っているという。その回答の多くが、女性だとわかるように工夫してみてはどうか、というもので、あげく、「バッグの中に常にスカーフを入れておいて、トイレに入るときだけ首に巻いて女性らしく見せてはいかが」という意見があり、ぎょっとした。スカーフなんて絶対に巻くな、と私は憤《いきどお》った。

排泄《はいせつ》するのにも擬態《ぎたい》しなければならないのか。単に、周りの人が、女性かどうかを見た目で判断するのを止《や》めればいいだけなんじゃないの？　どう考えても、間違えられて注意されている本人は何も悪くないし、姿を変える必要などない。本人の問題ではなく、周囲の問題だと私は思う。

少し前、北斗晶《ほくとあきら》さんのブログを読んでいたら、似た感じのことが書いてあった。北斗さんは当時、乳がんの治療中で、抗がん剤治療のために坊主頭にしており、元プロレスラーなので体格ががっしりしていた。ある日、公共の場で女子トイレに入ったら、「ここは女の人のトイレだよ」と怒られてしまったという。でも、北斗さんはそれを気に病むことなく、今度からはピアスをしよう、おしゃれをする心の余裕もできてきたから、と前向きに捉《とら》えていた。

北斗さんはあっけらかんとしていて、何事にも明るく向かっていっていて素晴らしい。ご本人としては大した問題とは感じなかったのかもしれない。

でも、私は、「ええー」とショックを受けた。

そもそも、性別でトイレを分ける必要があるのか。排泄行為は恥ずかしいもので、同性同士なら恥ずかしさが薄れるということはない。性犯罪抑止の観点があるのかもしれないが、同性同士の性犯罪もある。性別でトイレが分けられていると、LGBTの当事者など、どちらのトイレに入ったら良いかで困る人も多い。学校に性別で分けられたトイレがあると、いじめの温床になる可能性もある。実際、アメリカではジェンダー・ニュートラルなトイレの導入が進んでいるらしい。日本には「多目的トイレ」「だれでもトイレ」などと呼ばれる、車椅子やオストミーを使用している人などに合わせた、バリアフリーを標榜《ひょうぼう》するトイレが多くの公共施設に設置されているが、あれは性別で分けられていない。「トイレは絶対に性別で分けなければならない」という概念は廃《すた》れてきている。もう分けなくていいのではないか。その人らしさを捨てさせ、わけのわからない理由でその性別らしいファッションをさせて排泄させるなんて、本当にばかばかしい。

ファッションは自分らしくしていたい。私はテーマパークに行ったとき、たとえ他の友人全員がかぶり物で楽しんでいても、自分は絶対にかぶらない。かぶり物が好きな人はもちろん素敵だ。純粋な気持ちで存分にテーマパークを楽しめていいな、と思う。でも、自分みたいに、かぶり物がどうも楽しくない、周りに合わせるのが苦手、という人だって、生きていていいはずだ。

自分らしさを捨てて女性らしく振る舞うのが好き、母親になりきるのが好き、という人はもちろん、そうして生きていくのが良いに決まっているのだが、そういうのが苦手な人もいるわけで、全員を型にはめる必要などないだろう。

ただ、「母親らしいファッションをする必要がない」と言っても、腹が膨《ふく》らんだり、授乳でしょっちゅう胸を出したり引っ込めたりする時期は、デザインというより、サイズや機能のことで、そういう時期の女性を対象とした服が気になってはくる。最近はマタニティウェアや授乳対応の服の専門店や、そういった服も取り扱うブランドが増えてきた。私も少し買ってしまったのだが、結局、ほとんど着なかった。パンツやレギンスなどの下着はマタニティ用でないと入らなかったが、外側の服は、それまでもすとんとしたワンピースばかり着ていたので、妊娠中もいつも通りのもので事足りた。

赤ん坊が二ヵ月のときにオードリーの若林正恭さんが司会をするテレビ番組に出演する仕事があり、マイルールを紹介するコーナーで、

「ここ数年、ワンピースしか着ないことにしています。『のだめカンタービレ』ののだめちゃんはピアノの天才なので、余計なことを考えずに済むよう、毎日、ワンピースをすぽっと着るだけなんです。それにあやかって私も毎日ワンピースを着ることにしたら、上下の組み合わせを考えなくて済むから、すごく楽です」

と話した。そのとき、一緒に出演していた平野《ひらの》啓一郎《けいいちろう》さんが、

「ジョブズもそれに似たことをしていたんですよ」

と言っていた。スティーブ・ジョブズは黒のタートルネックにブルージーンズ、スニーカーという、まったく同じ格好を何年も毎日続けていた。

調べてみると、「ノームコア」という考え方らしい。

マーク・ザッカーバーグも、同じメーカーの同じ色のTシャツを何枚もクローゼットに入れているそうだ。

バラク・オバマもブルーかグレーのスーツしか着ないと決めていたそうで、このような考え方をしている人は少なくないようだ。

同じものを着ると、頭がすっきりする。着替えにも買い物にも頭を悩ませなくて済むので、仕事に集中したい人にはもってこいだ。

ところが、そのテレビ出演の一週間後には、私はワンピースを止めて、ズボンを買

ってしまった。赤ん坊と過ごしていると、立ったり座ったりが多くて、いちいち裾《すそ》を気にしなければならないワンピースが面倒になってしまったのだ。

それで新たに、「白シャツと、ネイビーのパンツ、ネイビーの靴下《くつした》、ネイビーの靴、カーディガンだけ遊び心を出す」というルールを考えてみた。授乳のために前開きが良いのでシャツを着よう、と。あと、黒やブラウンのコーディネイトはおしゃれなはずだが、なぜか自分が着るともっさりした印象になるなあ、と以前から思っていて、藍染《あいぞめ》などの紺色《こんいろ》の服が自分には合うと感じていたから、これからはブラジャーもパンツも全部ネイビーにしようと決めた。カーディガンだけでおしゃれしてカジュアルとフォーマルのグラデーションを付ければ良いのではないか。

ただ、頭はすっきりするが、ちょっと寂しくはある。私はファッションというものが、むしろ好きなのだ。毎月、「装苑《そうえん》」というファッション誌を買っている（この年になると、自分向けのファッション誌がわからなくなる。「三十代、四十代の、会社員向けか、主婦向けか」といったトーンの雑誌はあるが、私は会社員でも主婦でもない。それで、少なくとも誌面を楽しむことはできる、「装苑」を読むことにした。「装苑」はファッションを学ぶ学生を読者に想定している雑誌で、載っているのはかなり攻めている服やアクセサリーだ）。

私の仕事を担当してくれている編集者さんで、ファッションを攻めている人が二人いる。どちらも若い男性の編集者さんで、いつ会っても目を見張るような派手な服装で、「いいな、素敵だな」と思う。レディースの服にも臆《おく》せず挑むジェンダーレスな着こなしで、髪型も服の色も周囲から浮くことを厭《いと》わない。そうだ、ファッションというのはこれぐらい攻めないと。

夫にも攻めて欲しいと思い、私が夫に服を買うときはピンクや紫や柄物《がらもの》を選ぶようにしている。

赤ん坊の服は、私が購入したものもあるが、いただきものもたくさん活躍している。自分では選ばないような派手な柄のプリントの服や、動物の顔の胸あての付いたオーバーオールも、可愛いなあ、と思いながら、赤ん坊に着せている。

私はシンプルでジェンダーレスなデザインを選ぶことが多いのだが、赤ん坊にはいただきものの、性別イメージにばっちり合うものも着せている。

赤ん坊は、私の趣味だけで育つよりも、いろいろな人の趣味に触れて育つ方が健全だ。

いろいろな服を着た方が楽しいよねえ、と赤ん坊を見る。

……先ほどの「ノームコア」と矛盾してしまうのだが。

おそらく私は、「ノームコア」もそのうち飽《あ》きて、またいろいろな服を着始めてしまう気がする。これまでも私は、「これからは、こういうファッションをする」と宣言して、すぐに止めてきた。

二十代の頃の一時期は、自分が性別のことをいつもごちゃごちゃ言っているので、メンズの服を着たらいいのではないかと考えた。だが、背が低くて肉付きが良い自分にはどうも上手く着こなせなかった。結局のところ、自分らしいと感じられて、自分がなんとか着こなせそうな服を、あれを着てみよう、これを着てみよう、と試しながら探っていくしかないのだろう。

最近は、私の小説に対して、「女性の自立が書けていない」という批判があって、「いつまで女性の自立を書けばいいのか？」という疑問が湧《わ》いてきた。フェミニズムは随分と昔から起こっていて、ずっと女性の自立を訴えてきたのだろうに、まだ次の次元に行かないのか。

もしも男性のキャラクターが仕事を辞《や》めたり他立で生きようとしたりしていたら「人間らしいなあ」と読まれるだろうに、女性のキャラクターだと「女性なんだから、他立じゃ駄目だ」「自立を書け」と言われる。

性別イメージから自由になろうと考えたときに、目的の場所へまっすぐ向かう人物を描くより、紆余曲折《うよきょくせつ》を経て思ってもいないところに流れついた人を書く方が面白いのではないか。自立できない女性のことも肯定していいのではないか、とも思う。でも、批判が出るということは、それを自分が表現できていないということだから、もっと考えて、試行錯誤していきたい。

それと同じように、服を着る目的を私が持っているとしても、そこにまっすぐ向かう服ではなくて、うろうろしているような服を着続けてもいいのかな、と思うようにもなった。

13　三ヵ月の赤ん坊

三、四ヵ月健診というものがある。自治体が行っているもので、無料だ。保健センターへ行って、集団で受ける。赤ん坊の体や発達を見る。

赤ん坊は楽しそうだった。

医師から耳元で鈴を振られたり、目の前で光をちらちらさせられたりしたのを、遊んでくれていると思ったのか、にこにこしたので、医師も照れ笑いしていた。終始ごきげんだった。

しかし、私は家に帰るとソファに倒れ込み、ぐったりした。

ロビーでの待ち時間や、赤ちゃん体操や離乳食の指導、保健師と思われる方からの問診、そして医師による診察。有益な情報を与えられてありがたかったとは思う。でも、そのすべての時間において、私は心に負担を覚えた。

「健診を受けるのは義務」という雰囲気を感じ取ったので行ったわけだが、行ってみると、「受けさせてあげている」という先方の思いが透《す》けて見えた。国や市などに赤ん坊を産ませてもらったり育てさせてもらったりしているような気分になってしまった。無料でやってもらえるのは、確かにありがたい。でも、恩着せがましくされたり、上から管理されたりしなければならないのなら、私は金を払いたい。

ロビーには似たような母親がずらりといて、似たような赤ん坊を抱っこしていた。私も周《まわ》りと似ているのだろう、と思った。それが疲れる。声を掛け合って仲良くなっている人たちもいて、すごい、と思った。私にはどうしたってできない。

「もう寝返りするんですか？　すごいですね」

「ありがとうございます。洋服、かわいいですね」

「ありがとうございます」

知らない同士で、共通の話題になる赤ん坊を褒《ほ》め合《あ》う。私には、何か枠組《わくぐ》みがあると感じられる。枠から外れたことを言ったら、弾《はじ》かれるのではないか。そして、「そうですよね」「そうですよね」と肯定の言葉しか使ってはいけない気もする。同調圧力が働いているように見える。同じような存在同士で一丸《いちがん》となって子育てをしていかなければならないのでは、そんな風に思えてきてしまう。

私は個人としてのみ存在したいわけではなくて、国や市などの集団の中で生きていきたいと思っている。日本の文化が好きだし、日本のためになることをしていきたい。ただ、上から管理されたり、上の人に守ってもらったり、というのが、どうも苦手だ。同じような存在同士でしか連帯できない、という雰囲気も居心地悪く感じてしまう。

もうひとつ、小さなことなのだが、私が勝手にくよくよしてしまう出来事があった。保健師と思われる、年配の女性が親身になっていろいろ話を聞いてくれる時間があり、「子育てを相談できる人はいますか?」と聞かれて、「友人がいます」と答えた。「お母様は?」「母には相談しないですが……」「里帰り出産か、お母様に産後の手伝いにこちらに来てもらうかはしなかったんですか?」「どちらもしていません」「お母様は遠方に住んでいらっしゃる?」「いえ、そんなに遠くないですけど、相談する感じではないというか……」「相談すると怒られちゃうとか?」「え? いえ、母は怒るときなんてないです。関係は良好ですけど、私の方がしっかりしていますし……」「旦那さんには相談できますか?」「相談? ……話し合うことはあります」「それじゃ、おひとりで子育てしているんですか?」「いえ、夫と二人でやっています」(これに似たやり取りが、『赤ちゃん訪問』のときもあった。『赤ちゃん訪問』というのは、やはり自治体が運営しているもので、生後一ヵ月ぐらいの時期に、助産師が自宅を訪ねてくる。赤ん坊がきちんと育っているか、母親に育児の悩みがないか、といったことをチェックされる。最近、乳児への虐待や産後うつによる母親の自殺などの問題が表面化しているためだろう。育児をひとりだけで行っていないか、誰かに相談できているか、といったことを、自治体はしつこく聞いてくる。もちろん、ありがたいことだと思う。虐待や産後うつからどうやって救おうか、と一所懸命に取り組んでくれているのだ。ただ、私はフォーマットに押し込められているように感じてしまって、息苦しくなる。国や市が悪いというよりは、私が面倒くさい人間ということなのだろう。どうも、「実母の助けを借りて育児をするべき」という観念があるみたいで、それが苦しい。また、仕事をしていない、あるいは、休業中の人、として接せられている感じも、社会人として育児をしている身にはしっくりこない。すごくぞわぞわする。行政の作るパンフレットやポスターには、「パパはママの話を聞いてあげましょう」「パパは子供だけでなくママも大事にしましょう」など、ばかばかしいアドヴァイスがあちらこちらにある。パパはママの保護者なのか？　パパの話は誰が聞いてあげるんだろう？　いろいろ疑問が湧《わ》く。「虐待や産後うつは核家族化によって増えたのだろう。昔ながらの家族の形に戻して女性同士が縦に連帯して助け合えば虐待も産後うつも、ついでに保育所不足による待機児童増加の問題も解決する」と役所の人たちは思ってしまっているのではないか）。

とにかく、三、四ヵ月健診での、そういったやり取りのあと、

「旦那さんのサポートがあるんですね」

と言われ、

「はい」

と頷《うなず》いてしまった。

そのことを、あとあとまで悔いた。くだらない思いだとは重々承知している。でも、「はい」と頷くのではなく、「サポートではなくて、夫は親として普通に子育てしているんです」とにっこり笑って訂正すれば良かった、と何度も考えてしまう。

こういう違和感、つまり、自分の言語感覚では決して使わない言葉で他者からこちらの範疇《はんちゅう》のこと（家族だとか、生活だとか、仕事に関すること）を定義されて、うーん、ちょっと違うんだけどな、と思うというのは、多くの人が日々感じているに違いない。そして、そういったことに関して、「『はい』『はい』って、その場では適当に言っとけばいいのよ。それで、あとはこっちでやりたいようにやればいいのよ」というアドヴァイスをよく耳にする。しかし、私は、「はい」「はい」と言ったあと、どっと疲れが出てしまう。

些細《ささい》なことなのだから流せば良い。しっくりこない言葉を自分に当てはめるのも、その場限りのことなのだから、空気を悪くせずにさらりと済ませるのが大人だ。わか

っている。でも、私は拘泥《こうでい》してしまう。ぐったりしてしまう。

ところで、私と夫は、住民票を申請するとき、世帯主を私にした。

世帯主なんてただの言葉で、実際の生活の中では何があるわけでもない。ただ、私たちは結婚するとき、夫の苗字《みようじ》に統一することに決めて（理由は、夫の苗字が可愛かったから）、それは夫に有利なことだったから（苗字を変更する側は、相手側に吸収されるような気分を少し味わってしまったし、キャッシュカードやクレジットカードなどの名義変更手続きは大変だった）、引っ越しのときに、せめて世帯主は私にしようということになった。このときも、役所での手続きは、いやーな感じだった。「弟さんと同居ですか？」と聞かれた（夫は私より一歳上なのに、なぜこのような質問が出たのか。おそらく、先方には、「夫婦の場合、世帯主が妻というのは考えられない」という感覚があったのだろう）。そのあと、なぜか職業を聞かれ、「フリーランスで文章を書いていて……」と答えると、「フリーター？」と間違えられ、そのあとも居丈《いたけ》高《だか》にいろいろ言われたので、面倒になり「家で仕事していますが、ちゃんとしたことです。年収〇万円です」と低い声で言ったら、やっと黙ってもらえた）。

（ついでに言えば、婚姻届の提出の際、役所に、「夫の苗字に統一して、戸籍の筆頭者は妻にする、ということはできないのですか？」と尋《たず》ねたときも、変な人が来た、と思われている雰囲気になり、ごたごたして、あー、国から変な管理のされ方してるなあ、と思ってしまった。ルールなので、筆頭者になれないならなれないで構わないのだ。できるかどうか知らなかったから、ちょっと質問してみただけだったのだが、そのやり取りでぐったりしてしまった)。

割り切って、適当に済ませれば良い。戸籍も住民票も、実生活には影響しない。……わかっている。でも、私はスルーできない。いや、スルーしようとすると、むしろ疲れてしまう。

そして、私は正直なところ、世帯主を私にして良かったなあ、とときどき感じている。市からの通知が私の名前宛てで届くことが、私たちの関係を良好にしているように思える。たとえば、選挙の投票所入場券も、私の名前宛てに送られてくる。それを持って夫と一緒に投票へ行く。もしも、この立場が逆だったら、私の感覚も少しずつ変わっていったのではないかと思う。小さなことでも、積み重なると、思想は変化する。

夫は世帯主の件では少しの窮屈《きゅうくつ》を感じているはずだ。でも、苗字の件がある。苗字は世帯主よりも力を持っているから、やはり、世帯主以外のところでも、私が主体と感じられる言葉を使っていった方が、良い関係を続けられると思う。

先日、ナイジェリアの作家、チママンダ・アディーチェによるスピーチをインターネットで読んだ。彼女はフェミニズムについてこんな風に語っていた。「私たちがこの世にいられる時間は短く、本当の自分ではない一瞬一瞬が、自分ではないなにかのふりをしている一瞬一瞬が、誰かが言ってほしがっていると推測して、自分が信じていないことを言う一瞬一瞬が、この世での時間を無駄にしている」(http://logmi.jp/145681)。

自分がしっくりこない言葉に、「はい」「はい」と頷いているときに、失うものはやはりあるのではないだろうか。

役所だけではない。しっくりこない言葉というのは身近にたくさんある。

会食などにひとりで参加したとき、

「今日は、赤ちゃんは旦那さんに見てもらっているの？」

と聞かれることがある。そういうときに、つい、「うん、夫が見てくれているの」と答えそうになって、いや、いや、違う、と科白《せりふ》を一旦《いったん》飲み込む。

「うん、夫が見ているの」

育児のことを、「夫に見てもらう」「夫が見てくれる」と表現するのは、やっぱり、ちょっと変だ。「もらう」「くれる」というのは、私は言わないようにしよう。

あとそれから、

「旦那さんが協力的でいいですね」

と褒めてもらうことがたまにあるのだが、この「協力的」という言葉にも引っかかってしまう。主夫のいる家庭など、夫が主に育児をしている場合には、「妻が夫の育児に協力的」という科白はまず聞かない。そして、私の夫は協力的ではない、と思う。夫は私のために子育てをしているわけではないからだ。

普通に親として行っていることを、どうして、「サポート」だの「協力的」だのと表現するのだろう。なんだか、すごく変だ、と私は感じてしまうのだ。

今回ここまで書いてきたことは、私の個人的な言語感覚の問題に過ぎず、他の人にも、私と同じような言葉遣いをして欲しいと思っているという話ではない。実際に妻が主導権を握《にぎ》って夫のサポートを受けながら育児を行っている家庭もあるに違いないし、そういう家庭を批判する気など毛頭《もうとう》ない。

それに、私も他の人の言語センスを踏みにじるような言動をしているときが多々あると思う。ステレオタイプの家族観を他人に当てはめて無邪気に喋《しゃべ》ってしまうことがある。あるとき、お世話になった方との雑談の中で、相手の方の家族について、つい「旦那さんが……」と言ってしまった。「いえ、あの人は子どもの父親で、夫じゃないんです」と返ってきて、はっとした。確かに、そのように何度も聞いていたのだ。それでも、私は「同居している子どもの親」を、「夫」と勝手に頭の中で変換してしまっていた。そのとき、「私も、『ちょっと違う』と思ったときは、ちゃんと言える人になりたい」と思った。

ともかくも、三、四ヵ月健診は終わった。医師に、

「首すわりまで、あとひと息ですね」

と言われて、「あれ？　もうすわっていると思っていたのに、まだなのか」と残念に思ったものの、三ヵ月の終わり頃には見た目がしっかりして、どう見ても首がすわった。首がすわる前は、体全体がぐんにゃりしていて、抱っこするときは首に手を添《そ》えてそろそろと横抱きしていたのだが、首がすわると格段に抱っこし易《やす》くなる。抱っこ紐《ひも》を使わなくても縦抱っこができる。

それで、友人の家に遊びに行ったり、うちに遊びに来てもらったり、いろいろと活動するようになった。

14 楽しい買い物

赤ん坊を迎えるために大量の買い物をしたことがあった。

夫と、妊娠中の私は、抱《だ》っこ紐《ひも》、ベビーカー、ベビーバス、哺乳瓶《ほにゅうびん》、哺乳瓶を消毒するためのもの、肌着、ベビー服、ガーゼ、おむつ、おむつ用ゴミ箱、おしり拭《ふ》き、おしり拭きを温めるケース、ベビー服用の小さな十連ハンガーなどを、ベビー用品店で次々と買っていった。


私は金だけ出して、夫に選ばせるのがいい。

買い物をしているうちに、それがだんだんとわかってきた。

うちの家計は私が主な稼ぎ手なのだが（年収で見ると、私は夫より数倍多く稼いでいるので、大きな買い物や医療費や入院費は私が出す）、「金を払うのは私なのに」「体を使って子を産むのは私なのに」と恩着せがましくすると、かえって自分がやりづらくなる、ということに少しずつ気がついた。金も体も、自分のものという意識を持たないようにして、誰かに使わせると決めたときは、その誰かに完全に任《まか》せよう。

いわゆる、「金は出すけど、口は出さない」という方式がいい。

私は赤ん坊を迎える準備に際して、まとめサイトで人気商品を見比べたり、インターネットショップで売れ筋ランキングをチェックしたりしてから、ベビー用品店へ行って実物を確かめて買おうと考えていて、夫にも、「〇日に買い物に行くから、事前にどんな商品が良いか調べておいて」と言っておいたのだが、夫は調べ物をやらなかった。赤ん坊がまだいないので実感が湧《わ》かないのか、想像力が乏《とぼ》しいのか、とその時は思った。

だから、私ひとりでも買えるな、というのも考えた。金は私が持っているし、調べ物は得意だし、店にもひとりで行けるし、重いものは配送してもらったらいい。あるいは、インターネット通販で買ってもいい。でも、そうすると、夫が、「自分の物」という意識を持たないかもしれないな、と危惧《きぐ》した。商品をいろいろと見たら赤ん坊との生活の実感が湧くかもしれない。そして、自分が選んだと感じる物を購入したら、頻繁《ひんぱん》に使うかもしれない。

それで、ベビー用品店へ行き、夫に抱っこ紐を選んでもらった。当初は、私が事前に調べておいた一番人気の商品にそれとなく夫を誘導して、夫が自分で選択した気になってもらえばいい、と企《たくら》んでいた。だが、

「この、黒いのにしよう。デザインがかっこいいから」

と夫が言ったとき、私が事前に決めていたものではなかったが、

「じゃあ、それにしよう」

考えを変えて同意した。

数年前から「イクメン」という言葉が世間で流行《はや》り始めた。子育ての主人公は母親という前提で「補佐の上手《うま》い人」を指して使われているみたいだ。子育てで疲れている妻のために料理を作ってあげたり、妻に対して「育児を頑張っている君は昔よりも綺麗だよ」と言ったり、妻が疲れているときに代わりに育児をしてあげたりといったことが、「イクメン」が行うことのようだ。私からすると、え？　それって親ではないよね、ただの夫だよね、という感じだ。

どうしてそうなってしまったのか？

まずは女性の意識を変えた方がいいのではないか。

女性が、「男性も育児をするべきだ。でも、育児の主人公は私のままだ。周囲からは、私の育児を褒《ほ》めてもらう。男性は、育児の上手さではなく、女性に対する補佐の上手さで輝くべきだ」「男性が責任を持ったり、金を出したりするのは当たり前だ。その上で、私がメインで行う育児を手伝ってもらいたい。子どもをどんな風に育てるかは私が決めるし、子育ての晴れ舞台には私が出る」と思っているとしたら、虫が良すぎる。でも、最近は女性の意見の方が世間で通《とお》り易《やす》い傾向にあるから、男性は女性

のそういった要望を真に受けてしまう。

本当は、夫が育児をするということは、ときには妻を嫌な気分にさせるものではないだろうか。それは、夫が妻の育児法を見て教育方針の違いを感じて妻の人間性を非難したくなったり、自分に向けられていた視線を子どもに奪われてしまって寂しさを覚えたりするのと同じだ。育児はパートナーに向かって行うことではなく、子どもに向かって行うことだからだ。

「妻に親切にするのが子育て」と夫に勘違いさせてはいけない。主体的に行っていいのだ、と夫にわかってもらえるようにした方がいい。

私たちも夫婦を上手くやるために、いろいろ気をつけなければならない。

たとえば、世の中には、夫婦間で起こる大変な問題としてDVというものがある。肉体的な暴力だけでなく、言葉や金による暴力もある。殴《なぐ》ったり蹴《け》ったりというのは男性側からと思われがちだが、女性から起こる場合もあるという。経済DVも男性が行うと思われがちだが、女性から起こることがあるだろう。だから、私も不必要に経済力を振りかざすことがないように注意した方がいいな、と反省し始めた。私はもともと金にうるさいから、かなり気をつけた方がいい。

これまで、「自分が金を出す」ということを私は強く考え過ぎていた。おごっていたな、と反省し、金の負担や、体の負担、家事の負担を平等にしようとするのは止《や》めることにした。フェアにやろうとするのではなく、自分が疲れたりつらくなったりしないように注意するのがいいだろう（だから、逆に自分が弱っているときは、相手の負担が大きくなってアンバランスになるとしても、気にせずに甘える）。会社ではなく家族なのだから、負担を平らにするよりも、自分も含《ふく》めて家族全員が元気であるように努めた方が上手くいきそうだ。だから、金のことは忘れ、夫が育児の主役になれる雰囲気作りをしよう、と思った。

買い物は、できるだけ夫にやってもらおう。

ただ、赤ん坊が生まれたあとは、出かけるのが億劫《おっくう》な上、時間が惜《お》しくなった。ちょっとした買い物をするのもひと苦労だ。最初の頃は仕事帰りの夫に買い物を頼むこともしていたのだが、そうすると夫の帰りが遅くなって、夫の子守りの時間が減り、ひいては私の仕事時間が少なくなってしまう。

それで、たまにある大きい買い物は夫に選んでもらうとしても、食品は生協、おむつやおしり拭き、掃除道具などの日用品はインターネット通販で、さっさと私が買うようになった。どちらもスマートフォンで簡単に購入できて、宅配してもらえるので、かなり楽だ。

しかも、楽しい。

生協は毎週一回来る。チラシを見ながら、スマートフォンで再来週に届けてもらう品物の注文をする。それが時間のパズルみたいで面白い。少し先の未来に思いを馳《は》せ、米が足りなくなるだろうか、卵は使い切るか、日持ちしない野菜だが季節ものだから欲しいな、来週に大根が来るから再来週は買わなくていいや、などと考えていると、頭が活性化する。

うちの冷蔵庫は、私がひとり暮らしを始めたときに買った小さいものを使い続けているので、容量が小さい。だから、どの程度の注文量だったら冷蔵庫に仕舞えるかも考慮しなければならない。また、届いた食料は、さまざまな組み合わせで迅速《じんそく》に調理していき、食べていかなければならない。これもまた空間のパズルっぽい。

生協は、そのシステムが合わない人もいるようだが、私にはぴったりだったみたいで、かなり利用している。私のやっている生協はエコを押し出していて、石鹸《せっけん》シャンプーや石鹸洗剤などが前面に出ているから、つい影響を受けて、水回りを一新してしまった。野菜もかなり買うようになり、前よりも栄養が摂《と》れている気がする。以前は買うのが面倒だから食べていなかったのかもしれない。特に重い野菜を届けてもらえるのはありがたい。

また、インターネット通販のヘビーユーザーにもなっている。リアル書店がなくなると言われて久しく、チェーン店の大型書店はまだしも、夫が勤めているような「町の本屋さん」は絶滅の危機だと、よく新聞記事にもなっている。それで、書店員さんたちを応援するために、私は書籍の購入の際はインターネット通販ではなく、できるだけリアル書店で買おうと努めてきたのだが、日用品を買う大変さにへこたれた。アマゾンは本をメインに扱う通販サイトなのかと思っていたら、むしろ日用品の方が豊富なのだ。そこで、配送の段ボール箱が上手くいっぱいになるように、またパズルみたいに考えておむつだのベビークリームだのウェットティッシュだのを買って楽しんでいる。

それから、服もインターネット通販をするようになってしまった。少し前にファッションについて書き、服に金と時間をかけるのはもう止めると綴《つづ》ったが、すぐに心がゆるむ。白シャツにネイビーのパンツを基本の服として固定し、カーディガンだけでおしゃれをしよう、と決めたのだが、そうしたら、「カーディガンなら買っていい」という解釈をし始めて、可愛いカーディガンを見つけたら買ってしまう。まるで法の抜け穴を探して犯罪者になるのを逃《のが》れる人みたいに、自分で決めたルールを上手いことかいくぐって金を使ってしまうのだ。

金がない、とこのエッセイで何度も書いてきてしまったが、金がないというのは本当に実感としてあり、もっと金があったら悩みが解決する、と言えなくもないとは思うのだが、金が欲しいというよりは、金銭感覚が欲しい。おそらく私だけではなく、金の悩みを持つ多くの人が同様なのではと想像するが、シンプルに金欠に悩んでいるというよりは、これでいいのかな、と漠然とした不安を持っている。明日のパンに困っているわけではなくて、将来に金が必要になるはずなのにこれでいいのか、自分の金銭感覚がおかしいのではないか、計画を立てていないがこのままでいいのか、父を亡くした元専業主婦の母をもっと支えたい、進学するかどうかは知らないが子どもの学費は貯めておきたい、今住んでいる五年の定期借家のあと住居はどうするのか、貯金ゼロの夫との老後はどうするのか、そもそも年を取る前にがんなどの病気に突然かかったら保険も貯金もないから対処できないがいいのか、とどきどきしている。（小説家を目指している人もいるかと思うので、一応書いておくと、世間であまり知られていない私程度の小説家でも、家族を抱えて専業でやれる程度の収入は意外とある。私の年齢の平均収入よりは多いと思う。ただ、私の場合は急激な下り坂になっているので、この勢いだと五年後は収入がゼロになるんじゃないの？　という感じはある）。

それで、気を引き締めようと思うのだが、ばかな買い物をしょっちゅうしてしまう。生協で、「鴨居《かもい》にハンガーをかけられるフック」だの、「シャンプーの詰め替えの際に最後の一滴まで絞《しぼ》れるローラー」だのが紹介されていると、つい買ってしまう。
駄目だ。でも、やっぱり買い物は楽しい。

15　四ヵ月の赤ん坊

だんだんと見た感じがしっかりしてきて、「生きていけそうだ」と思えるようになった。生まれたときから体が大きめだったのだが、どことなく危《あや》うげで、ちょっとしたことで召される（天に）のではないか、と仕事の用事で夫に赤ん坊を任《まか》せて出るときは「布を顔にかけないように」「目を離して段差から落下させないように」としつこく言い、あるいは赤ん坊連れで外出するときは感染症を心配していたが、もう大丈夫なのではないか、という気がしてきた。それで、ここのところは、歩いて七、八分のスーパーマーケットにしょっちゅう買い物に行くようになったのだが、その店のレジでは必ず、

「お運びします」

会計が済んだあとのカゴを店員さんが荷詰めの台まで運んでくれる。抱《だ》っこ紐《ひも》をしている客に対するそういうマニュアルがあるのだろう。最初は「とてもありがたい」と感じたのだが、だんだんと、「恐縮だから、今日は買い物に行かずに家にあるものを食べよう」と考えるようになった。こういうところが私の駄目なところだ。人と接

したり人にものを頼んだりすることを限りなくゼロに近づけて過ごしたい、つい、そう思ってしまう。私は今、赤ん坊の世話が面白くてたまらない。しかし、そのうち子どもが友だち付き合いをするようになって、ケンカで怪我《けが》をさせられた、こちらが相手に怪我をさせた、といったことが起こって、「世話」ではなくて、いわゆる「子育て」が始まったら、私は憂鬱《ゆううつ》になるのではないか。そういったときに相手の子や親と上手《うま》くコミュニケーションが取れるだろうか。私はそういったことがすごく下手《へた》な気がする。不安だ。子ども本人をきちんと叱ったり、子どもの話を聞いてあげたりできるだろうか。これはできそうだ。すなわち、うちにいる子どもと接するのはできそうだが、外の人と関わるのがものすごく怖いのだ。

こういう想像を日に一度はして、ブルーになる。だが、目の前の赤ん坊には友だちはまだひとりもおらず、私と夫のみが関係を結んでいる。ああ、良かった、……って駄目だろ。いつか赤ん坊に友だちができますように、と祈り直す。

赤ん坊には友だちがいないが、私には友だちがいて、ほんの二、三ヵ月しか違わない赤ん坊のいる友人が子連れで遊びにきてくれたり、私が遊びに行ったりということがあった。そのとき、友人の赤ん坊が活発で、どんどん動くことに瞠目《どうもく》した。私のところにいる赤ん坊とまったく雰囲気が違う。あと二、三ヵ月でそんな風になるとはとても思えない。

三、四ヵ月健診に行ったときも、くるりと寝返りをする他の赤ん坊を見て、驚いた。

ただ、寝返りは発達段階の中でどうしても必要というものではなくて、寝返りせずにハイハイを始める子もいるらしい。体が大きい子にとっては寝返りは難しいものらしく、遅くなりがちともいう。また、寝返りできる能力があっても、特に寝返りをしたい気持ちがなかったらしないのだそうだ。

あまり気にしないようにしよう、と考えていたところ、寝かせると布団《ふとん》を蹴《け》ってどんどん上に移動するようになった。それから、オモチャなどの興味深いものが上の方にあるとき、それを見ようとものすごい角度で身を反《そ》らすようになった。これは、もしかしたら……、と思っていたら、ある晩、くるりと回った。四ヵ月の終わりのことだった。

寝返りというのは、まっすぐに寝続けると疲れるからときどき体勢を変える、ということなのかな、と私は思っていた。少なくとも大人はそうだ。大人は、寝返りなんてそんなにしょっちゅうはしない。しかし、赤ん坊は一度寝返りを覚えたら、次の日からは、ちょっと時間ができたらすぐにくるりとやる。まるでそれしか娯楽がない人のように転《ころ》がりまくる。うつぶせ寝は窒息死《ちっそくし》などに繋《つな》がる危険があるそうで、怖い。うつぶせのまま眠ってしまったら、私が仰向《あおむ》けに直してやる。それで、目が離せなくなった。

寝返りをしてうつぶせになったあと、またひっくり返って仰向けに戻ることを、「寝返り返り」と呼ぶらしい。これがちっともできないのだ。赤ん坊は寝返りをしたら、ずっとそのままだ。疲れてくると、「戻れない」という顔で泣き出す。それで、こちらが手を添えて仰向けに戻してやる。泣いてくれるのならまだ良くて、うつぶせの状態でそのまま寝入ってしまうこともあるから、どきどきする。

こんな風にくるりくるりとやっているときに、芥川賞の発表があった。入院中に仕上げた『美しい距離』という小説が芥川賞の候補作になっていたので、私もこの発表のときは少し神経がぴりぴりしていた（芥川賞は年に二回選考が行われ、事前に候補作が発表される。各メディアが大きく取りあげるので、周囲の多くの人に「また候補作になった」と知られており、恥ずかしい。私の作品はすでに四回候補になって落選しているのだ）。

受賞作は村田沙耶香さんの『コンビニ人間』に決まったと、作家の友人が優しいLINEを送ってくれて知った。私は赤ん坊と夫と自宅で過ごしていて、結果が出たときは赤ん坊も夫も寝ていた。しばらくしてから、きちんとした電話連絡ももらい、さすがに五度目なので冷静に受け止めることができ、そもそも村田さんはもう次元が違うと以前から思っていたから納得もできた。夫が目を覚ましたので、普通に伝えた。そして夫の手前、平然と過ごした。

次の日、赤ん坊と二人きりになってから、いろいろ考えた。私が書いた作品が芥川賞候補になるのは今回が五度目で、六回候補になると他の何人かの作家とタイで最多候補作家になれる。それで、「また落選したら最多候補作家を目指そう」ということを、落選前から決めていた。

とはいえ、ここまで落選した作家でそのあと受賞作を書く人は稀《まれ》で、しかも、私は芥川賞だけでなく他のどんな文学賞も受賞する作品をこれまでひとつも書けていない。この先の作家人生、傍流《ぼうりゅう》を行く覚悟は必要だ。

そして、このままでは、『人のセックスを笑うな』が私の代表作になってしまう。これは、内容は淡々とした恋愛小説なのだが、タイトルだけが過激だ。この作品は、私にしては驚くほど本が売れたので、世間でも知ってくれている人が結構いる。本の売れ行きだけでみると、私が出版する本の数字はどんどん尻つぼみになっていて、私の本を好いてくれている方以外では、このタイトルのみを聞いたことがある、という人がかなり多い（もちろん、全然知らない、という人もたくさんいるのだが、映画化されたこともあって、タイトルだけ知っています、という人が思ったよりいる)。自信作だし、書いて良かったと思っているが、日常生活でタイトルが出てくると恥ずかしくなる。「デビュー作が代表作になるのはつらい」というのはどの作家も思うことだろうが、私としては、このタイトルのみを初対面の人が知っていて、自分という人間の印象がそれになっている、ということがよくあって、苦しい。おそらく、赤ん坊が大きくなったとき、私よりももっと苦しい思いをするのではないか。いじめられることもあるかもしれない。おまけに、親の筆名がナオコーラだなんて、からかわれない方がおかしい。赤ん坊の友人たちが私のことなど知らないとしても、赤ん坊の友人の親は知っているかもしれない。

世の中の人は驚くほど権威に弱い、ということが、これまでの候補経験から痛いほどわかっているので、もしも何かしらの文学賞を受賞する作品を書けたら自分の印象が大きく変わっていくだろう、と他力本願とは思いつつも期待してしまっていた。傍流を行く作家となっても文学を続ける覚悟をすると、文学シーンにおける仕事なら頑張れそうだ。でも、普段の生活における人間関係の中では仕事の理解は得られないだろうから、人と会うのが億劫《おっくう》になってくる。親戚や旧友たちに、たとえるなら、「いい会社に就職したのに、不祥事を起こして退社して、ぶらぶらしている人」という感じに思われて、腫《は》れ物《もの》に触るように接せられている。最初から候補を辞退していればこのようにはならなかっただろうが、メリットを期待して候補にしてもらったのは自分だ。それに、候補にしてもらえたことで楽しい思いもたくさんしているから、後悔はしていない。やっぱり、候補にしてもらえてありがたかったと心から思う。そもそも、どんな職業の人でも仕事を周囲の人に理解してもらえてなんていないだろう。周《まわ》りに理解を一切求めずに一所懸命やるしかない。でも、やっぱり少し怖い。

私の書く小説を好きと言ってくれる方もいるから、書くことは絶対に続けたい。おばあさんになるまで書く。「もう本にできません」とすべての出版社からきっぱり断られるまで、石にかじりついてでも仕事は続けたい。金にならなくなったら、他の仕事をして食いつないで、書くのは並行してやる。だから、作家稼業を続けるか否《いな》かといったところで悩むつもりは毛頭《もうとう》ないのだが、赤ん坊は周囲にどう思われるだろう、私自身も文学関係者や私の読者ではない親戚や友人と会うのは怖いからどうしたらいいだろう、というのを思ってしまう。

いろいろ不安になって、うーっうーっと泣き出したら、涙を流す私を見て、赤ん坊は、あはっあはっと笑い出した。人が真剣に悩んでいるのに失礼な、と思いながら、赤ん坊をじっと見た。私が笑いながら赤ん坊に話しかけたときに赤ん坊が私の真似《まね》をして笑い返してくるのと同じ状態になっている。そうか、わかった。四ヵ月の赤ん坊には、泣き顔と笑顔の区別がつかないのだ。試しに、うわーん、うわーん、とさらに激しく泣いてみたら、あははっ、あははっ、とさらに大笑いした。顔だけでなく、泣き声と笑い声の区別もついていない。私はばかばかしくなった。

ところで私は「美人になったつもりダイエット」というのを、産後ダイエットとして行っていた。授乳中なので偏《かたよ》った栄養を摂《と》るわけにはいかないし、子どもがいるから外出して運動をするというわけにもいかなかったが、美人になったつもりならできる。これは、わたなべぽんさんの『スリム美人の生活習慣を真似したら1年間で30キロ痩《や》せました』（メディアファクトリー）というコミックエッセイを読んで、参考にした。

ダイエットを始めるとき、「痩せてからおしゃれをしよう」と思いがちだが、すでに痩せてきれいになったつもりになっておしゃれを始めてしまう。痩せている友人がやっていることを真似してみる（駅の階段を上っていたなあ、とか、一番おいしそうな料理に最初に箸《はし》を伸ばしていたなあ、など、友人の行動を思い出してやってみた）。「太っているのに、こんなことするのは恥ずかしい」などとは思わず、堂々となんでもやり、美人らしく人に親切にするよう心掛ける。そういうことを続けていたら、妊娠前よりもかなり痩せた（とはいえ妊娠前にこれまでの人生で一番太っていたので、そんなに驚くことでもないのだが）。

それで、これを応用して、「すでに自分が書いたどれかの作品が文学賞を受賞したつもり仕事」というのはどうだろう、と思いついた。

文学賞を受賞したあとに、自由なことを書いたり、ふざけた仕事をしたり、いろいろなジャンルに挑戦したりしていけばいい、とこれまでは思っていたが、これではそういったことをしないままおばあさんになってしまう。大きな声では言えないが、心の中で、受賞したつもりになってしまって、好きな仕事ややりたい仕事をどんどん進めてしまうのだ。

それから、文学賞を受賞している友人を見て「本をいっぱい読んでいるなあ」「生活リズムを整えているようだなあ」と参考にして、努力しよう。

人と会うのが怖いのも、相手というよりも、私が勝手に引け目を感じているせいで恐怖を感じている部分もあるかもしれない。こちらが堂々と接すれば、それだけで良くなる関係もあるだろう。

あとそれから、小説のタイトルはともかく、私の名前で赤ん坊がいじめられた場合、いじめる側に問題があるのではないか、というのも思った。

「いじめられるとかわいそうだから」という理由で、親がいろいろと気を回すシーンはよくある（目立たない生活様式にしたり、人と同じ格好をしたり）。それは、「変わっている子はいじめられても仕方ない」というおかしな思想を自分が持っていると公言することになるのではないか。いじめられても仕方ない理由を持っている子なんて、この世にひとりもいないのに。

たとえば、「キラキラネーム」と呼ばれる、一般的な名前とは違う派手な名前を子どもにつけることの是非が数年前から議論されてきた。「キラキラネーム」は学校でいじめられる、その後の人生でも社会から弾《はじ》かれる、といった意見がよく出る。それで、最近は逆に「古風」な名前をつける親が増えているらしい。

私が思うのは、「よくある名前の方が逆にかっこいい」というのならまだわかるのだが、「変な名前だといじめられる」「派手な名前だと目立ってしまう」という理由で「キラキラネーム」を避けるのはどうかということだ。

変わった名前をつけたらいじめられるからかわいそう、と言うが、それは多様性の否定ではないのか。変な名前は、排除すべきなのか？

漢字の読み方が通常とは違うものだったり、ごてごてした字面だったりする名前を見て、つい、「センス悪いなあ」と思ってしまうことは、私にもある。しかし、センスが悪い親って、そんなに非難すべき対象だろうか。センスが良くて愛情が浅い親よりも、センスが悪くて愛情が深い親の方が、ずっとずっと良いではないか。大抵の「キラキラネーム」は親の夢や希望が大きすぎるあまりにそうなった、と感じられる名前だ。それを笑うことができる人が、はたして世の中にいるのだろうか。

また、一見キラキラしていないのに、「キラキラネーム」とされる名前もあるという。「ごく一般的な名前だが、通常は男の子につける名前が女の子につけられている」という理由でそう定義されるらしい。例を挙げると、孝太郎と女の子が名づけられたら、「『キラキラネーム』でかわいそう」となる。私は驚いた。「女なのに男みたいな名前だな」といじめるのは、ありなの？　大人がそれを「キラキラネーム」と定義するということは、そういう理由でいじめるのを肯定していることになる。「性別に沿った名前をつけることが親の愛」って、そりゃ、そういう考えを持つ人もいるだろうが、みんながそうではない。

いろいろな名前を受容する社会の方が面白いと思うのに、なぜ均一化を図《はか》るのだろう。

「キラキラネーム」に関しては、親ではなく、変わった名前の人を生きづらくさせている社会の方に問題があるのではないのか。

とにかく、いろいろ考えていった結果、堂々としよう、ということになった。相手にどう思われるかを自分がコントロールすることはできないが、自分がどう思うかはどうにでもなるわけで、堂々としていれば解決してしまう、ということがたくさんあるに違いない。赤ん坊に対しても、堂々としていよう。「恥ずかしい親でごめんね」なんて、微塵《みじん》も思わないで、堂々と、「いい親になるよう努力しているよ」という顔をしよう。

さて、赤ん坊の見た目がしっかりして、外出先では大人しくできることがわかってきたので、初美術館と、初コンサートに行った。

ちひろ美術館にはベビーカーで入れる、という情報を得て、赤ん坊と夫と三人で出かけた。村上春樹さんの装丁の展示があって、とても面白かった。赤ん坊は静かにしていて、作品に目を向けるときもあったが、おそらく何も理解はしていないだろう。

それから、新聞に「〇歳《ゼロ》からのクラシック」という宣伝が載っていたのを見てチケットを取った。最初は大きい音にびっくりしていたが、そのあとは聴き入っている顔をしていた。

絵も音楽も、赤ん坊のためというよりは、私のためだった。出産する前は、美術館やコンサートによく出かけていて、「子どもが生まれたら、こういうのに行けなくなる」というのがすごく不安だった。でも、調べると「赤ん坊ＯＫ」のものも少しだがあるみたいなので、冒険のつもりで、これからも出かけてみたい。

あと、これまでは、映画というものをそれほど観ていなかったのだが、最近、無性に観たくなってきた。先日、仕事上の必要があって映画のＤＶＤを観たら（うちにはテレビがないので、パソコンの小さい画面で観ているのだが）、ものすごく面白く感じられた。おそらく、文化に飢《う》えていたのだろう。調べると、赤ん坊と一緒に見られる上映を行っている映画館もあるみたいなので（周りも子連れなので、泣いたり騒いだりしても、あまり気を遣わなくて済むらしい）、そのうちに行ってみよう、と思う。やはり、文化は心の疲れや傷を吹き飛ばしてくれる。

私も元気を取り戻し、ふと思いついて赤ん坊の顔に自分の顔を近づけて、あくびをして見せたら、あはっあはっと赤ん坊が笑った。どうやら、あくびと笑顔の違いも見分けられないらしい。

16 泡の時間

おむつを替えたり、母乳をあげたりしている時間が、どこへ行くのかと考える。どこへも行かない。今、ここで、自分が消費するだけだ。泡《あわ》のようにパチンと儚《はかな》く消える。

ときどき、「母親は子どもにばかり時間を使っているが、自分の時間も作るべきだ」「自分の時間を子どもにあげるので、母親は大変だ」といった科白《せりふ》を聞くことがある。でも、実際には、赤ん坊に自分の時間を分けてあげることはできない。時間にはあげたりもらったりすることのできない性質があり、自分の持ち時間は自分で消費するしかない。

赤ん坊に関わる行動のみで一日を過ごしても、私自身が時間の流れを感じ、私の目で赤ん坊の姿を楽しみ、私が頭の中で考え事をしている。だから、この時間は、赤ん坊の時間ではないと思う。

出産前には、「私も出産したら『自分の時間が欲しい』と思うようになるのかもしれない」と予想していた。

でも、現在、私はそう思っていない。ここにあるのは、自分の時間ばかりだ。「赤ん坊と一緒にいても、私のやりたい世話しかしていないな」と思う。

いや、べつに殊勝な心もちでそう思っているわけではなくて、「最近、美術館に行けていないし、本も読めていない。やりたいことがもっとあるのに、時間が足りないなあ。いらいらする」だとか、「仕事が終わらない。一日が二十五時間とか、一ヵ月が三十二日とか、私にだけもっと時間があったらいいのに。むかむかする」だとか、嫌な感情は抱いている。

でも、赤ん坊の世話も私のやりたいことだし、赤ん坊と一緒のときも私自身として生きているので（この本のタイトルみたいに、母親という役割を気にしておらず、いつでも私自身のままで、特に頑張っていないし）、赤ん坊に時間を使ってあげている感覚は湧《わ》かない。

時間といえば、料理や洗濯や掃除といった家事に使う時間がある。私たちの場合、夫も家事を行っているが、在宅仕事の私も結構やっている。もちろん、家事の時間も自分の時間だ。料理をしながら思考を進めたり、洗濯物を干《ほ》しながら詩的な時間を過ごしたりもする。ただ、家事に時間を使うと、仕事の時間が物理的に減ってしまうため、できるだけ作業の時短は図《はか》りたい。それで、「食器洗浄機」「洗濯乾燥機」「ロボット掃除機」といった家電に家事を任《まか》せる。手を抜けるところは抜く。ときには、布《ふ》団《とん》を敷きっぱなしにする。赤ん坊のいない部屋には埃《ほこり》を溜《た》める。締め切り前は栄養のない食事に甘んずる。

しかし、ここで書いておきたいことがある。私は、掃除は嫌いだが、料理と洗濯は好きだし、もしも仕事をする時間が保てるのならば、もっとやりたい。こういう気持ちは多くの人が持っているのではないだろうか。

育児者が、「もっと仕事をする時間が欲しい」「もっと映画を観る時間が欲しい」といった希望を持って、他の家族や家事代行サービスなどと育児や家事をシェアしようとすると、「子どもの面倒を見たくないのだろう」「料理をしたくないのだろう」と誤解される。子どもがいて幸せなはずで、子どもと過ごす時間が楽しそうだったのに、他のことをやりたいと言い出したということは、実は、子どもといても幸せではなくて、子どもといる時間が苦痛だったのか、と思われる。あるいは、本当は料理が嫌いなのに、これまでは仕方なくキッチンに立っていたのか、と勘違いされる。

いや、違う。やりたいことが多すぎる、というシンプルな状態なのだ。

家事は、自身のことだけでなく、赤ん坊や夫の生活のことも行っているが、赤ん坊や夫に自分の時間をあげている感覚は持っていない（夫も、赤ん坊や私に関する家事を行っているが、私は夫から時間をもらっている気はさらさらない。夫も夫自身で家事の時間の楽しみを見つけるしかないだろう。夫は、私の服にアイロンをかけながら、夫なりの考え事をすれば良い《夫は、私に外出の仕事があると、私の服にアイロンをかけることになっている》。どんなことをしていたって、発見や成長ができるはずだ）。結局のところ、家事をしながらも、自分の目で世界を見て、自分の考え事をしているので、家事の時間も自分の時間だ。家事を通して、他の家族の生活を垣間見《かいまみ》ることができるのも面白い。嫌だから時短したいのではなく、仕事の時間を作るための工夫をしたいだけなのだ。

細かいことをぐちぐち説明していると思われるかもしれないが、微妙な違いでも、「赤ん坊に奉仕している」「いやいや家事をやっている」と周《まわ》りから認識されたくない。

特に赤ん坊の世話に関しては、ものすごく面白いので、赤ん坊が大きくなってからも私がいやいややっていたとは思われたくない。

そうして、今が楽しいので、この瞬間ですでに赤ん坊に使っている労力の元は取れているな、と感じている。そこのところも、赤ん坊が大きくなったら理解して欲しい。小さいときに世話したからといって、赤ん坊がどんな大人になろうが私は構わない。

この感じに似たものは、仕事に使っている時間に対しても抱いている。

私の仕事は小説を書くことなのだが、小説を書いている最中に、この先にもう何も残らなくてもいい、書いているときの楽しさで元が取れた、と思うことがある。

数年前に、小説家を目指している若い人から相談を受けた。「このまま小説を書き続けていいのだろうか、と不安になる。デビューできるかどうかわからないのに。先に繋《つな》がらないことに、無駄に時間を使ってしまっているのではないかと心細い。小説に使っている時間をバイト代に換算したらいくらになるんだろう、と考えてしまう」と言っていた。

バイト代に換算するのは駄目だ、と私は思った。デビューできないとしても、金にならなくても、この小説はどうしても書きたい。小説を書いているうちに、そういう感じになってくると思う。

私の場合はデビューする一年ほど前に、残業の多い会社を辞《や》めて、定時で帰れる仕事に転職することにしたのだが、退社の希望を上司へ伝える際に、「小説を書きたいので辞めたいです」と言った。嘘をつくのも面倒だったので、正直に言った。そのときの私は、ときどき投稿をしているだけの完全なるアマチュアだったが、ちょうど失恋して頭がぶっ飛んでいたこともあり、「小説を書きたいので辞めたいです」と言うことを恥ずかしいとは感じなかった。そして、デビューできなかったとしても、やれる努力はやっておきたかったし、会社を辞めたことも、小説に使った時間も、後悔しないと思った。月給十六万円の会社で構わなかった。

そのあと、運良くデビューできて、事務仕事をしながら、兼業で文筆業を行った。でも、根が不真面目なので、その会社もすぐに辞めた。今は専業で小説を書いていて、金が稼げているが、小説を書いている時間がシンプルに金になっているわけではない。長い時間を使って書いた原稿をボツにすることは今でもある。ボツにするのが全然つらくないわけではないが、良くない原稿を社会に晒《さら》すよりは、捨てた方がずっとましだし、そもそも、原稿をボツにしても、書いている最中にいろいろ考え事ができたし、自分の時間を失ったわけではないので、無駄だったとはあまり思わない。

あと、生活費を小説を書いている時間で稼ごうという気はない。金は欲しいし、一発当てて家を建てたいという野望はある。でも、こつこつ書いて、この努力を金に変えよう、という気持ちはない。こつこつ書くが、それは好きでやっているだけだ。もし、一発当たらなかったとしても、こつこつ書くのは楽しかったので、もういいのだ。

私の仕事のメインは、文芸誌に小説を載せることや、その小説を書籍化することなのだが、それで生活しているわけではない。何で生活しているのかと考えると、単発で書くエッセイや、広告仕事などでだ。そういうのも上手《うま》くいかなくなったら、また他の仕事を兼業すればいいと考えている。ブランクはあるが、アルバイトや会社員として働いた経験もあるので、なんとかなるだろう。私は、金になる原稿仕事もやっているが、金にならない原稿も書いている。

今でも、小説は書きたいから書いているだけだ。特に文芸誌に小説を発表することは、労力と原稿料の釣り合いを考えたら金に繋がらない行為だと気がついてしまうので(私が文学賞に縁のない最低ランクの作家だからという理由もあるのかもしれない)、これで稼ごうという気持ちではやっていられない。とにかく、ぞくぞくして面白いからやっている。編集者さんとぴりぴりし合ったり、文芸批評家から辛辣《しんらつ》な批判をされたりすると、背筋がぞおっとして面白くてたまらなく、発表を止《や》められない。「ぼろぼろにけなされた」と憤《いきどお》りつつ、にやにやしてしまう。

昔は、「憧れの『源氏物語』や谷崎潤一郎の作品みたいに、後世の人々に読み継がれたい」と願っていたが、今はそういうのもどうでもよくなった。先のことはもうどうでもいい。小説というのは読者が頭の中で完成させるものなのだが、どうせ私はそこまで見届けられないし、私の埒外《らちがい》のことだと思う。読者を信頼して、私の知らないところで自由にやってもらうしかない。だから、私はそこまで考えない。今、一所懸命に自分のために書く。それだけでいいじゃないか、という気持ちになってきた。

それと同じで、赤ん坊と過ごしている時間が、この先に何にもならなくてもいい。私が今、赤ん坊と一緒にいて楽しい、それだけでいい。

赤ん坊が今の生活をのちのちまで記憶していることはないだろう。〇《ゼロ》歳の日々の思い出を語る大人には会ったことがない。赤ん坊は、昨日のこともすべて忘れているのではないだろうか。そう、それでいいのだ。

私は赤ん坊の未来について、毎日考える。しかし、赤ん坊の未来のために今を過ごしているのではない。赤ん坊の未来について考える理由は、未来のことを考えると今が明るくなって、今が素敵な時間になるからだ。結局のところ、今は、今のための時間だと思う。

そして、私は「家族サービス」「休日を家族のために使う」といったフレーズが嫌いだ。自分も楽しんでいるのに、なぜ、「家族のために」なんて恩着せがましく言うのだろう。

本当は嫌なのに家族と一緒にいるのか？　それなら、別々に過ごした方がましだ。

私は、育児にしても、家事にしても、自分が無理しないとできないことは、やらなくていいや、とあきらめている。仕事が大事だから、仕事を削ってまで育児や家事を頑張らない。他の人たちが育児や家事をどの程度頑張っているのか知らないが（私は夫と家事を折半《せっぱん》しているので、平均値に比べると、育児や家事をやっていないと思うが）、自分が周りに恩着せがましくならずにやれる範囲のことしか、やる気がない。

赤ん坊を夫や保育士さんに任せるときに、後ろめたさを感じて、子どもに謝る人もいるそうだが、私は仕事のことで赤ん坊に謝ったことはない。

夫に赤ん坊を任せてカフェへ行くときは、

「じゃあね。仕事してくるね。親が仕事した方が、△△（赤ん坊の名前）も幸せになるよ」

と言い置いて出かけている。男性が堂々とやっていることは、私だって堂々とやる。胸を張って仕事をして何が悪い。親の仕事が子どもに不利益なんて聞いたことないぞ。ときどき、自分の判断で育児や家事を頑張り過ぎたのに、「男が時間をくれないから」と男性を批判する女性がいるが、むやみに男性を批判したり、不満を訴えるのではなく、冷静に社会構造を変えていく方が実りがあるだろう。

時間の使い方に関しては、ずっと私も悩んでいるが、全部自分の時間なのだ、という自覚だけは持ち続けたい。

17　五ヵ月の赤ん坊

先月、「堂々と、これからも仕事を頑張ろう」と心を新たにした私だったが、なぜか、むしろ滞《とどこお》りがちになってしまった。なぜだ、と省《かえり》みたところ、思い当たることが二つある。

ひとつ目は、離乳食が始まったことだ。

まずは、十倍粥《じゅうばいがゆ》から与える。米を十倍の量の水に浸《ひた》して三十分待ち、小鍋《こなべ》で三十分煮て、十分蒸らし、裏ごしする。

私のところにいる赤ん坊は母乳をごくごく飲んで、体が大きめなので、きっと離乳食が始まったらばくばく食べ、「えー、もうこんなに食べたの？　もっと食べたら太ってしまうよ」という感じになるのではないかと予想していたのだが、始めてみたら、ちっとも口を開けなかった。赤ん坊用の小さいスプーンに小指の爪《つめ》ほどの量の粥を載せて、下唇《したくちびる》にとんとんと当ててみる（そうすると良い、と育児書に書いてあった）。やっと口に入れても、ほんの少しもぐもぐとやったあと、半分くらいを口から出す。

それを掬《すく》ってまた入れる。眉根《まゆね》を寄せて、ちっともおいしそうにしない。ちんたら食べて、常にしかめっ面で、与え甲斐《がい》がない。

与え始めて日にちが経《た》ったら、様々な野菜、白身魚や豆腐なども徐々に食べさせていく。最初のひと月は一日一回の食事だ。必要な栄養のほとんどはまだ母乳で摂《と》り、食事はただの練習だ。でも、柔らかく煮たり、裏ごししたり、すりつぶしたり、思っていたよりも手間を要する。

作るのにも食べさせるのにも時間がかかって、つい仕事の時間を減らしてしまう。


二つ目の理由は、赤ん坊が私を認識し始めたことだ。

言葉を喋《しゃべ》らないのではっきりとはわからないのだが、どうも、私のことを他の誰でもない私だとわかってくれ始めたみたいだ。目つきが違う。

離乳食のときはむすっとする赤ん坊だが、それ以外の時間、私が側《そば》に寄っていくと、それだけでにこにこする。私が抱っこすると、目が輝く。

「悪いな」と思う。赤ん坊が近くにいるときに他の用事をするのが心苦しい。

以前は抱《だ》っこ紐《ひも》をしてパソコンをいじることがあったが、今は抱っこ紐で抱っこしたら赤ん坊はずっと私の顔を見上げている。人から顔を見られながらパソコンをいじるというのはなかなかやれないことだ。

バウンサー（揺《ゆ》れるベビーチェア）に座っているとき、近寄ると、「来た！」という顔をして手足をばたばたさせて喜ぶ。そのまま素通りして台所の方へ行くと、「え？」という顔をしていつまでも私を目で追ってくる。でも泣くことはせず、しばらくすると、あきらめの表情を浮かべる。

布団《ふとん》の上で寝転《ねころ》がっているとき、起き上がることはまだできないのだが、上半身をほんの少しだけ浮かせることができるようになったので、首を上げて私の方を見る。それから、手をぱっと広げ、いかにも「抱っこして」という表情を浮かべる。赤ん坊の「抱っこして欲しい」という欲求はすさまじく、抱っこする時間が短いと死ぬのではないか、と思えてくる。

オモチャや絵本を見せるだけで笑うときもある。遊ぶということがわかってきたみたいだ。

寝返りをして、未だ「寝返り返り」はできないので、うつぶせ寝を避けるために赤ん坊から目が離せない。だから、大概、私は赤ん坊の近くにいるわけで、赤ん坊から熱い思いを受けるのもかなり長い時間だ。

赤ん坊自身の起きている時間が増えているので、一緒の時間が長くなっている、というのもある。新生児の頃は一日二十時間くらい眠っていて、腹が減ったら泣いて起き、授乳したら寝る、という感じだったが、今は、午前中に一時間ほど、午後に一時間ほどしか昼寝しない。夜は九時に寝て朝は七時に起きることにしているのだが、寝かしつけに時間がかかるようになってきた。夫と私の区別がつき始めたので、夫が抱っこすると泣いて、私が抱っこすると泣き止《や》むことがある。しかし、泣き止《な》んだからといって寝るわけではない。寝つくまでに一、二時間かかる。今は昼夜の区別がついて、眠ってしまえば朝まで起きないので、こちらもまとめて眠れるありがたさはあるのだが、ぶつ切りでも合わせると長時間眠っていた頃の方が仕事はできた。

起きている間、赤ん坊は私と一緒にいることが嬉《うれ》しくてたまらないみたいだ。少し前までは、私が先に笑うと赤ん坊が笑い返してきたが、今は、私と目が合うと、私が笑っていなくても、赤ん坊の方から笑ってくる。

とにかく、私を見る目が熱烈だ。

これまでの人生で、私を好きになってくれた人がいなかったわけではないが、こんな風に熱烈に見てくる人は初めてだ。

どう考えても、赤ん坊は私をものすごく好いている。

私がフリーランスの仕事をしていて長く赤ん坊の側にいたので、赤ん坊は夫よりも私を特別な人に認定した。たまたま側にいた私を猛烈に好きになったのに違いない。

育児書を読むと、「人見知りをする」という時期がこれから来るらしい。今はまだしていない。他の人に抱っこされると大泣きする、というところまでは発達していない。

ただ、私と他の人を区別しているとは感じられる。

客が来たり、出先で誰かに会ったりすることがある。他の人に抱っこしてもらっても喜ぶが、私がどこにいるかを横目で常に確認している。人見知りはしないのだが、私を見る目とは違う目でその人を見ている（と私は感じる）。

赤ん坊は夫に抱っこされるのも嬉しがるが、ときどきわあわあ泣いて、横目で私を見て何か訴えることがある。「おそらく、私に抱っこしてもらいたがっているのだろうな」と察するが、夫のプライドを傷つけては良くないし、夫の抱っこも大好きだと赤ん坊に思ってもらわなくては今後に支障が出てくるので、できるだけそのまま夫に任《まか》せる。私がそっと離れて、扉の影に隠れると泣き止むこともある。私の姿が見えないときの方が泣かないみたいだ。私という人間を認識してはいるものの、私が見えないときまで私の存在を思うほどには知能が発達していないのかもしれない。

しかし、「人見知りは、これからする」というのは、ちょっとおかしなことだ。今、私が私を認識してくれていると感じているのは一体なんなのか。もうしばらくしてから、「他の人を見たら大泣きする」という状態になるのだとしたら、今は人をなんだと思っているのか。

ぼんやりと、人を区別しているのかもしれない。大人が他人を見るように見ているのではなく、境目が曖昧《あいまい》な感じで、「たぶん、別の人」という風にぼんやりと人と接している。そういえば、私は子どもの頃、近所のおばさんに「お母さん」と間違って声をかけてしまったり、学校の先生を「お母さん」と呼んでしまったりしたが、あれは認識の曖昧さの名残りがあったのではないだろうか。

赤ん坊に特別視されるのは、正直、嬉しい。仕事に時間を割《さ》けない、という不具合は生じるが、心は喜びでいっぱいになる。これまでも赤ん坊を可愛いと思っていたが、こちらからの一方通行な思いだった。それが、この一ヵ月ほどで、急に返ってくるものが生まれたのだ。

いつまで私のことを好きでいてくれるのだろうか。

赤ん坊は私のことをよく知らない。私の仕事も、私の好みも、私の癖《くせ》も、私の思想も、なんにも理解していない。私の名前すら知らない。

でも、私を大好きだ。

おそらく、私が犯罪を犯しても私を好きなままだろう。

それはいつぐらいまでなのだろうか。

二歳くらいになったら私を疎《うと》ましく思う瞬間も生まれるだろう。でも犯罪者になった親でも親なら好きというのは、たぶん、五歳くらいまで続くのではないか。

そして、十五歳ぐらいになったら、「うざい」と思い始める。親の考えを理詰めで批判することも始めるかもしれない。そして、十八か、二十二か、その辺りで私とは別々に暮らすことになるかもしれない。そのことを想像したら、本当に涙が出てきた。自立するなんて、寂しい。

けれども、実際にはそれを喜びに変えていかなくてはならないのだろう。

梨木香歩《なしきかほ》さんの『裏庭』という児童文学にこのようなシーンがある。

いつだったか、ふと、さっちゃんは思い切っておかあさんの目を真っすぐ見て、質問したことがあった。「おかあさんは、私のこと、好きなの？」おかあさんはこともなげに問い返した。「おまえはどうなんだい」。さっちゃんが答に窮して黙っていると、「好きなときも嫌いなときもあるだろう？」

さっちゃんは考えた。その通りだった。何といっても、おかあさんはおかあさんなのだから、ずっと嫌いになっていられるわけがない。でもいつも好きとは決していえない。「うん」さっちゃんは神妙に応えた。何だか、白状する、という感じだった。こころなし、おかあさんも少しショックを受けたようだったが、すぐに「そうだろう、私もおまえと同じさ。好きなときも嫌いなときもある」

（梨木香歩『裏庭』新潮文庫）

私自身、自分の親とのことを考えると、この「好きなときも嫌いなときもある」というのがものすごくしっくりくる。

これが親子というものだ。

今の、五ヵ月くらいの赤ん坊の純粋に慕《した》ってくれる感じを味わうと、この先もずっとこうだったらいいのに、子どもと私の関係がこれで固定されたらいいのに、と思ってしまう。完全な相思相愛だ。でも、これは過ぎ去っていくものだから、忘れないといけない。十歳くらいになったら、「好きなときも嫌いなときもある」ようになる。それが健全な親子関係だ。今は、目が離せないし、愛情をどぼどぼ注がないといけない。だから、生活の真ん中に赤ん坊を据《す》えて、自分の用事を雑に扱っても構わないと思える。

だが、生活を子ども中心にする、というのは、やりたくても五年程度しかやれないのではないか。それ以降は、子どもが子ども自身の生活を持ち始め、親や家とは別に、友だちや学校で構成された世界を持つ。親は嫌でも子どもとは別の、自分自身の楽しみを見つけなくてはならなくなる。子育てというと、二十年くらいある気がしていた。でも、大きくなった子どもに対する親の務《つと》めは、子どもの世界と自分の世界をどちらも尊重してこそできることではないだろうか。子ども中心の生活にして子どものことはすべて親がやるという期間は、たぶん思っているよりも短い。そう気がついたとき、「五年程度のために仕事を辞《や》めなければならなかった人はつらかっただろうな」と思い当たった。

昔は、子どもを五、六人産んだり、家事が重労働だったり、大きくなった子どもやパートナーの「世話」もあったりして、人生の中の長い期間を子育て中心に過ごすことができた。しかし今は、子どもを産む人はひとりか二人が多く、家電の発展によって家事は軽減されている。性役割の考えを持つ人が少なくなり、大きくなったら自分のことは自分でするべきだと思う人が多くなってきている。いくら子どもが好きで、子どものためだけに人生を過ごしたいと望んでも、なかなかできない時代なのだ。

妊娠出産で仕事を続けられなくなって仕方なく辞めたのに、子どもが大きくなると、「子離れできていない」と批判され、子どもではなく自分自身の生きがいを見つけろと言われ、大変だろうな。結婚年齢が上がり、寿命が延びた現代では、五年程度のことのためにキャリアを捨てて、そのあとも生きるというのは茨《いばら》の道だ。

みんな、子どもとの距離の取り方に悩んでいるのだろうなあ……。

とにかく、べったり赤ん坊と過ごせるのは今だけだ。数年後にはきれいさっぱり忘れて、嫌でも赤ん坊と距離を取らなければならなくなることを肝《きも》に銘《めい》じておこう。仕事を忘れて赤ん坊に尽くしすぎたら、きっと数年後につらい思いをするだろう。

18　オーガニックだの有機だの

赤ん坊が欲しい、と考え始めた頃から、オーガニックだの有機だのという言葉に敏感になってしまった。

街を歩いていて、「自然派」「ナチュラル」「オーガニック」「有機」「無添加」「天然素材」という言葉がきらきらと目に飛び込んでくる。野菜や菓子、服、化粧品、様々な自然派商品がある。ベビー用品で、自然派をうたうものはとても多い。オーガニックコットンで作られた肌着やタオルは、出産祝いにとても人気がある。私もそういったものをもらったり、雑誌等で目にしているうちに、「赤ん坊にはナチュラルなものを使った方がいいのだろうなあ」という気分になってきてしまった。

だが、私はオーガニックだの有機だのといった言葉の正確な意味を知らない。農薬を使っていないのだろうが、農薬を使うことの何が悪いのかをきちんとわかっていない。はっきり言って、私はイメージにやられているだけだと思う。ばかだ。

自然が立派、人工は駄目、そういう雰囲気が世の中に漂っている。「人工物は自然なものが手に入らない場合の代替え」だとか、「人工のもので満足する人は意識が低い」だとか、そんな印象が世間に流布《るふ》している。

しかし、人間だって自然から生まれた。人間も自然物、と言っても過言ではないのではないか。その自然なものの手が何かを作ったときに自然とかけ離れたものができるとは考え難《かんがにく》い。

それでも、人間は、自然と人工を二種類にきっぱり分けたがる。不思議だ。「人間は自然にかなわない」。どうしてそう思いたがるのだろう。自然と人間の間には、そんなにもきっぱりと強い線を引かなくてはならないものなのか。曖昧《あいまい》で構わない気がするし、いくら自然が好きでも、人工を毛嫌いする必要などないとも思う。また、自然と人工を対立させるのは西洋的な考え方で、日本には別の捉え方《とらかた》が昔はあったのではないだろうか、という気もする。

とにかく、「農薬を避けた方が良い」というのが正しいとしても、私が惹《ひ》かれているのは「農薬を避ける」という行為だけではないだろう。「人間としておごった考えを持ちたくない」だとか、「意識の高い生活をしたい」だとかという、くだらない思いも抱いてしまっていそうだ。要は、私の心の奥底にはナチュラリストへの憧れがあるのだろう。

そして、この憧れは屈折《くっせつ》していて、本気のナチュラリストを笑おうとする心も私は持っているみたいだ。ナチュラルな暮らしを提案している雑誌を立ち読みして、ふっ、と鼻で笑って、棚《たな》に戻す。この感じはなんなのだろう。

私の住んでいる街には、有機とかオーガニックとかが好きそうな人が多くて、そういう感じのカフェや店が点在しているのだが、そんなカフェでお茶を飲むときには、あー、はい、はい、あなた方はこういうのが好きなんですね、いやあ、私はここまではないです、ジャンクなものも好きです、というスタンスを取ろうとしてしまう。なんなのだろう？　憧れているのに、しっかりとはやれていないから、本気で実践している人を笑って、自分の駄目な暮らしをごまかそうとしているのか。

いくら、魅力を感じても、「自然派」「ナチュラル」「オーガニック」「有機」と付いている商品は、食品でも、衣料品でも、化粧品でも、そうではないものと比べて驚くほど値が張る。食べるもののすべてを有機栽培されたものにする、着るもののすべてをオーガニックコットンで作られたものにする、ということは、私程度の経済力では無理だ。だから、オーガニックの野菜をときどき食べつつ、そうではない野菜ももりもり食べる。赤ん坊も、オーガニックコットンの肌着を着るときもあるが、まったくオーガニックではない派手な色の肌着を着る方が多い。

また、私は意志が強くないので、ときどき体に悪そうな菓子も食べている。着色料だの保存料だのも結構摂取している。

いっそ、オーガニックなものは一切食べません、と潔《いさぎよ》く決める方がかっこいいと思う。

「気にしないで生活しています」「質素倹約を第一に考えています」とさっぱりしている方が、断然クールだ。あるいは、「いろいろと勉強した結果、べつにオーガニックにこだわる必要はないと私は判断しました」と自分の考えを持っているのも、素晴らしい。

私は、さっぱりしたり、本気で勉強したりしない。なんとなくの憧れを持ったまま、曖昧路線を行っている。かっこ悪い。

だが、このまま、かっこ悪く行ってしまおうかな、とも思うようになった。

数ヵ月前に、ナチュラルな生活やオーガニック製品について調べていて、革製品《かわせいひん》を止《や》めようかな、という考えになってきた。とはいえ、決して革製品自体を悪くは思っていない。ファーは生きたままはがして作るものもあるということで、毛皮製品を止める人は多いようだが、革製品はそこまで動物に負担ではないらしい。食品にするものの残りなのかもしれなくて、動物愛護の観点から革製品を止める人は少ないみたいだ。でも、止める人もいる。私は毛皮はもともと持っておらず、経済的にも好み的にもこの先も買うことはないだろうが、革製品はすでにいくつも持っている。買ったばかりの靴《くつ》もある。今後は革製品を避けていくとしたら靴やバッグを買うのが大変だなあ、と感じる。でも、寒い地域に住んでいるわけではないし、ファッション関係の仕事をしているわけでもないし、靴やバッグにそんなにこだわっていないのだから、どうせなら気持ちが軽くなるものを選んだ方がいいのではないか、と思った。それで、ヴィーガンレザー、フェイクレザー、人工皮革、合成皮革などと呼ばれる、天然皮革ではない素材で作られたものをこれからは選ぼう、と考え始めた。革製品より安いものが多いので、私らしい気もする。

ただ、すでに持っている革製品はこのまま使い続けようと思うし、今後、プレゼントで革製品をもらったら、ありがたく使おうと思う。べつに、主義とか主張とかにはしなくていいかな、と思うのだ。

選択の機会があったら、そのときの自分の気分が悪くならない方を選ぶ、という程度のことでいい。私には、しっかりした考えがない。かっこ悪い。それを受け入れてしまおう。今後は選択するときに革製品でない方を選ぶ。でも、選ぶというほどではない状況で革製品を手にしたときは、わざわざ避けることなく、ありがたく使う。

他人に自分の考えを伝えたいわけではないので、他人から見ると「あれ？　革製品も使っているじゃないか」となって、一貫していないかもしれないが、構わない。もちろん、周《まわ》りの人が、革製品を使っていても、なんとも思わない。

また、「肉を食べているのに、なぜ革製品を避けるのか？」という問いがある。

私の場合、肉食は必要と感じられるので自分の心に折り合いがつくけれど、革製品は自分にとってそこまで必要なものではないから選ぶのを止めることにした、という程度のことだ。絶対に動物を殺したくない、とは思っていない。「自然派」だの「ナチュラル」だのという言葉にちょっと惹かれる、という私は、革製品はあまり選ばない、ぐらいが合っているかな、と思ったのだ。

中学生だったときに童話民話研究部というマイナーな部活に入っていて、その部活の顧問《こもん》の八木橋先生が私は大好きだった。暗くてあまり喋《しゃべ》らない生徒だった私は他の先生には持て余されていたが（たとえば、ジャンケンで負けて体育委員になったときに、ランニングの際の一、二、一、二という声出しがどうしてもできなくて体育の先生にきついことを言われてクビになった。他にも、私は小学生のときは、「授業中に一度も手を挙げない」「一日中ひと言も喋らない」「挨拶《あいさつ》ができない」「度が過ぎる人見知りなので『障害』があるかもしれない」といったこと、中、高の学生生活では、「ひとりだけ参加しない」「集団行動ができない」といったことで度々教師から注意を受け、問題児と捉えられていたと思う）、八木橋先生は私の気持ちをよくわかってくれた。温かい女性だった。八木橋先生は中学二年時の担任でもあったのだが、三年になるときに転任してしまった。

「動物の命をもらって生きていることを忘れないでください」

離任式で八木橋先生は挨拶した。それまで八木橋先生は、食事の話も動物の話もしたことがなかったのに、思い出話や勉強の話ではなくて、そんなことを急に喋って去った。その後、八木橋先生とは会っていないが、今も年賀状だけはやり取りを続けている。

それから、私は命を心して食べることにした。肉も魚もおいしいし、栄養になるので、食べることを悪いとは感じない。忘れなければ食べていいのだと思う。

赤ん坊も命を食べる。しらす干《ぼ》しは便利なので、よく赤ん坊の離乳食にする。赤ん坊はプラスティック製のスタイを使っていて、それはポケット付きで食べこぼしが入る仕組みになっている。上手《うま》く口に入れられなくてぼろぼろ落ちる。しらす干しは小さいので、何匹も落ちる。

「あ、命が、命が」

とポケットにスプーンを入れて掬《すく》い、もう一度食べさせる。あるいは、私が食べる。離乳食を始めたばかりのときはしらす干しも潰《つぶ》さないと食べられなくて、そうすると、目だけが点々と残った。グロテスクだった。目があると、命という雰囲気が強く漂う。

少し前に宮沢賢治にはまって読んでいた。宮沢賢治はかなり動物が好きな人で、晩年は菜食主義だったみたいだ。でも、教師時代には天ぷらそばが好物で、えびは食べていたらしい。心の折り合いがつかなくなって、だんだんと肉食を止めていったのだろう。

ただ、植物も命だから、菜食主義でも命をまったく摂取していないわけではないよな、と私は思う。結局のところ、人間は命をもらわないと生きていけない。人それぞれ、「自分の場合は、こういう命のもらい方だったら、心の折り合いがつく」というところを見つけて、自分なりのバランスでやっていくしかない。

あと、化粧品の動物実験のことも気になってきた。オーガニックなものが好きだから、とオーガニック化粧品を購入しても、動物実験を実施しているオーガニック化粧品もある。その化粧品を使っていたら、「人間さえ良ければいい」という考えになってしまいそうなので、動物実験をしていない化粧品会社から購入したい、と思い始めた。

ただ、これをインターネットで調べていると、ヒステリックに「ここは動物実験をしている悪い会社だ」「あの会社は駄目だ」と綴《つづ》っている文章に度々会って、ちょっとどうなんだろう、と思った。世界の大半の人が、完璧に動物に優しくはなれていないのだし、べつに他人を責めなくてもいいのではないか、という気がする。

とにかく、人それぞれということだ。

私も、今後は、本気のナチュラリストを笑うのを自重《じちょう》しよう。

19　六ヵ月の赤ん坊

習慣ほど自分の味方になるものはない。できるだけ毎日同じことを繰り返すことにした。


四時に起きて、スムージーを飲む。そのあと、リビングルームで仕事する。

七時にカーテンを開け、家事を始める。赤ん坊が起きるので、授乳をして、顔を拭《ふ》く。洗濯機を回して、終わったら干《ほ》す。絵本を読んだり窓の外を見たりする。

八時に「ロボット掃除機」が動き出すので、軽く掃除。

九時くらいからベビーマッサージと赤ちゃん体操をする。音楽を一緒に聴く。

十時に二回目の離乳食をあげる。

十一時に赤ん坊は昼寝、私は自分の昼食を作って、朝ドラを見ながら食べ、「食器洗浄機」を回す。赤ん坊が寝ていたら、本を読むか、自分も寝る。

十二時二十五分からラジオ英会話を聞く。

一時くらいから、絵本を読んだり遊んだりする。買い物や散歩に行くこともある。

二時に授乳。そのあと赤ん坊は一時間ほど昼寝する。私も昼寝する。

三時くらいに風呂掃除をして沸《わ》かし、炊飯器で米を炊《た》く。赤ん坊が起きたら遊ぶ。

四時に夫が帰ってくるので、夫が赤ん坊と一緒に風呂に入る。その間に夕食の準備をして、赤ん坊があがったら体を拭いて服を着せる。そのあと自分も風呂に入る。「洗濯乾燥機」を回す。私が風呂に入っている間に夫が離乳食を作って赤ん坊にあげる。そのあと夕食をとる。

五時半に家を出て、カフェで仕事する。

八時過ぎに帰宅して授乳。ちょっと夜食を食べ、リビングルームのテーブルにパソコンと手帳を出して明日の仕事の準備をし、「曹達《ソーダ》亭日乗《ていにちじょう》」を書いて、赤ん坊に絵本を一冊読む。

九時に寝る。

……と書いても、ついだらだら過ごしてしまい、なかなかこの通りにはいかない。でも、目標として、こう思いながら過ごそう。

赤ん坊が予定通りに寝ないことが、特に難しい（まあ、当たり前か）。でも、様々な育児書に、夜泣きを避けるためには昼寝をさせ過ぎない方がいい、前日の夜になかなか寝つけなかったとしても翌朝は決まった時間に起こした方がいい、……といった風に、一日の過ごし方のリズムを整えろ、としつこく書いてある。

そして、赤ん坊以上に自分のために、スケジュールを決めるのは必要だ。赤ん坊が生まれる前はだらだら仕事をしてもなんとかやれていたが、今は仕事が遅れがちでどうしようもないのだから、何かしら改善しないといけない。

赤ん坊が起きていたら仕事をするのはいっそあきらめてしまうことにした。早朝に仕事をする。

赤ん坊の昼寝のときは自分も寝るか、読書をする（仕事をしてもいいが、いつ起きるか、いつ起きるか、と気になって、あまり集中できない）。

家事は赤ん坊が起きているときにちょこちょこやろう（家事なら赤ん坊を気にしながらできる、と思った）（しかし、やってみると結構難しい。機嫌《きげん》が良くひとり遊びを始めたときに、さっと風呂掃除や料理の下準備をやっておくと、あとの時間を焦《あせ》らず過ごせる気もする）。私は赤ん坊が生まれる前から家事は適当だった。無洗米でごはんを炊いて、料理は顆粒《かりゅう》だしをさらさらやる。

これまで、家電は私がひとり暮らしをしていたときのものを結婚してからもずっとそのまま使っていた。冷蔵庫も炊飯器も小さい。どの家電も最小限の機能しかない。私は家電に興味がなかったので、安いという理由だけで選んだものばかりだ。しかし、

「産後の家事は大変」「多くの人は助っ人を呼ぶ」という噂を聞いてびびり、妊娠中にちょうど割りの良い仕事があったので、共働きの三種の神器と呼ばれる「食器洗浄機」「洗濯乾燥機」「ロボット掃除機」の購入を決めた。入院する前に急いで買って病院で説明書を読み、退院後にきちんと使い始めたので、体に染《し》みついていた感覚よりも家事がぐっと楽になっていた。それで、「なんだ、聞いていたより産後の生活は楽だ」と思ったのだった。

とにかく私は、日中は赤ん坊の相手と家事のみを行い（考え事は赤ん坊といても家事をしていてもできるのでまったく仕事をしていないとはいえないが、パソコンにはほとんど向かわない）、早朝と夕方以降は仕事のみをすることにした。外に干した洗濯物の取り込み、乾燥機の洗濯物の取り出しは夫がやっている。

早朝に執筆するというのは、村上春樹さんを見習おうと考えた。村上さんは少し前に、インターネットサイトで読者からの質問を募集し、それに答えていく、ということをしていた。

村上さんの作品を酷評する人も世の中にはいると思いますが、中傷や批判をどう心の中で処理するのですか？　という趣旨の質問がその中にあって、こんな風に村上さんが答えていた。

こんなことを言うとあるいはまた馬鹿にされるかもしれませんが、規則正しく生活し、規則正しく仕事をしていると、たいていのものごとはやり過ごすことができます。誉められてもけなされても、好かれても嫌われても、敬われても馬鹿にされても、規則正しさがすべてをうまく平準化していってくれます。本当ですよ。だから僕はできるだけ規則正しく生きようと努力しています。朝は早起きして仕事をし、適度な運動をし、良い音楽を聴き、たくさん野菜を食べます。それでいろんなことはだいたいうまくいくみたいです。試してみてください。

（答えるひと　村上春樹　絵　フジモトマサル『村上さんのところ』新潮社）

要約すると、「批判に対しては、規則正しく生活すると良い」ということになると思う。論理はよくわからないが、すとーんと腹に落ちる感覚があった。村上さんほどの作家とはレベルが違うが、私も自著への批判を受け止めきれなくて、悩むことがある。

いつも夫が早起きしているので、合わせれば良いと考え、四時起きにした。夫は四時に起きて四時半に家を出ている（雑誌担当の書店員の夫は、朝早く店へ行って、搬送された雑誌の封を解いて、本棚《ほんだな》に並べるのだ）。

朝に行っているベビーマッサージと赤ちゃん体操は、やると良いらしいと聞いて本を買ったのだが、難しくてよくわからなかったので、私の考えるベビーマッサージと赤ちゃん体操を、かなり適当に、ごく短くやっている。本当に適当なので、あまり意味はないと思うが、なんとなくやっている。

昼ごはんのときの朝ドラは、うちにはテレビがない（あるとついつい見てしまって、自宅で仕事する私は怠《なま》けがちになるため、なくしてしまった。情報はインターネットから得ている）ので、ＮＨＫオンラインで、テレビ放映の一日遅れで見ている。

これまで赤ん坊は、レンタルしていたベビーベッドとバウンサーを主な居場所にしていたのだが、動きが激しくなって危なくなってきた。「寝返り返り」をとうとう習得した赤ん坊はくるくると転《ころ》がる。

寝かせておくと、くるくる回ったり、どんどん前にずれたりする。柵《さく》から手を出したり（転落防止クッションで囲っているのに、それを自分の手で押しのけてしまう）、隅っこに頭を息が詰まりそうなくらい突っ込んだりする。

バウンサーも、三、四ヵ月の頃は大人しくしていたのだが、だんだんとアグレッシブになって、蹴《け》ったり手をばたばたさせたりするから、壊《こわ》れたら大変だと思った。

それで、どちらも返却した。

すると八畳の部屋をどこまでも転がっていく。短時間なら座ることもできるので、縦方向にも空間が生まれ、遊び方がいろいろと増えてきた。

離乳食は、最初は大変に感じられたが、すぐに慣れて、ママゴトみたいでどんどん面白くなってきた。

赤ん坊も慣れて、スプーンを近づけると自分から口を開けるようになり、おいしいと感じている雰囲気も漂う。

夫も慣れてきた。私の方が先に離乳食をマスターしていたので、ときどき手伝わせていたら、もたもたするので、夫には難しいのか、と軽んじてしまっていた。でも、ある日曜日に、

「じゃ、この本を見て、離乳食をあげててね」

と夫に言い置いて自室にこもって執筆仕事を始めたら、ちゃんと米から粥《かゆ》を炊き、昆布《こんぶ》から出汁《だし》を取って人参《にんじん》と豆腐の出汁煮も作り、赤ん坊に与えていた。

やはり、お手伝いとして扱うよりも、任《まか》せ切《き》ってしまう方がいいということだろう。

寝る前に、「曹達亭日乗」を書く。これは、永井荷風《ながいかふう》が三十八歳から「断腸亭日乗《だんちょうていにちじょう》」（七十九歳の死の前日までの日記。誰にも見せずに、戦時中も営々と綴《つづ》っていた）を書き始めたのを知り、私も三十八歳になったので日記を書くことにしたのだ。十代二十代の頃は誰にも見せない文章をノートに書くのを楽しんでいたのに、いつしか仕事としてしか書かなくなっていた。初心を思い出したい。

それと、赤ん坊についての日記は手書きで別のノートに書いている。

どちらも短文なので、すぐに終わる。

赤ん坊がなかなか寝ないときは抱っこして揺《ゆ》らす。

この時間も悪くない。二人だけの静かな時間だ。

あまりにも寝ないときは隣室に移り、じっと過ごす。赤ん坊を抱っこしたまま、グラスに水を注いで飲む。すると、赤ん坊が目を輝かせる。

家に子どもがいると、子どもの目で世界を見られたり、子どもの言語感覚が宿ったりして面白いと聞く。六ヵ月になってやっと、それを少し感じるようになった。

グラスの他愛のない輝きをじっと見つめ、手を伸ばす赤ん坊の目を見ていると、ああ、ここは美しい世界なのだなあ、と感じる。

赤ん坊を抱っこしたまま、私が水を飲んでいると、赤ん坊がグラスの底を不思議そうに見上げ、その光に触ろうとしてくる。ペットボトルも好きみたいだ。

宝石よりも輝くものがこの世にはたくさんあるのだな。ガラスもプラスティックも素敵だよなあ、蛍光灯《けいこうとう》だって立派な光だよなあ、こういう美しいものを毎日見ながら八十年ほど生きられるのは幸せだなあ、としみじみ思う。

20 フェミニンな男性を肯定したい

エッセイや小説等の書籍には、著者プロフィールの欄《らん》がある。そこに書くことがないのが、長年の悩みだった。

たとえば、医者と作家の二足の草鞋《わらじ》を履《は》いているとか、民話の採集がライフワークとか、父方の○国で生まれ母方の△国で育ち二つのルーツを持っているとか、難民として□国に来て母国語ではない□語で小説を書いているとか、大学でロシア文学を学んだとか、×文学賞受賞とか、そういうのがあったら良かったのに、と思う。私は、どこからも越境することなく育ち、本が好きで、大学で日本文学を学んで、普通の会社員をやって、作家になって、賞歴はなし。それで、数年前から、「目標は、『誰にでもわかる言葉で、誰にも書けない文章を書きたい』」と書き込んで、自分の仕事をアピールしていた。

だが、最近、私がやりたいのはこれなんじゃないのかな、と感じ始めたのが、「フェミニンな男性を肯定したい」だ。今度からこのフレーズをプロフィール欄に入れよう、と考えている。「フェミニンな男性」だと二元論から脱却できていないから「多様な男性」の方が、そして、「肯定したい」だと上から目線でえらそうだから、「魅力的に書きたい」の方が合っている気もするが、それだとぐっとこないから、とりあえず、このフレーズで行こうと思う。

作家になってから、年上の男性の読者の方や、年上の男性の仕事関係の方で、「やっぱり、女性はすごいですよね」「僕は、女性の方が頭がいいな、と思っているんですよ」といったことをしきりに言う人に何度か出会った（もちろん、すべての男性がそうなわけではない。そういう方が何人かいた、というだけの話だ）。

どうしてそんなことを言うのだろう、と不快に感じつつ聞き流していた。私は、二つの性別のどちらが頭がいいか比べることに意義を見出せないし、決して女性の方がすごいだの頭がいいだのとは思わないので、「そんなことないと思いますけどね」と本当の気持ちを答えるのだが、「いやいや、男はばかですよ。絶対に女性にはかないません」としつこく言われる。そういうことが何度もあったので、なんとなくわかってきた。

「女性に対して、『男性よりも女性の方がすごい』と伝えるのは良いことだ。僕は男性よりも女性の方がすごいと思っているのだから、『女性差別』をしていない」と考えている人が多いのではないか。

もちろん、誤解だ。そう思う人が多い社会になっているということは、これまで私が作家として社会の中で機能していなかったということだから、反省しなければならない。

この他にも、「小説で性別のことを上手《うま》く書けていなかったみたいだな」と感じることは度々ある。

たとえば、私の書く小説は男性主人公の場合が多いのだが、男性一人称の小説でも、「作者は女性について書きたがっている」「主人公ではなく、ヒロインが作者の分身だ」と読まれてしまう。おかしいな、と思い、作者の性別非公表（笑）とプロフィール欄に書いてみたこともあった。それでも、やはり、誤解される。これも私が上手く書けていなかったのだろう。反省して、文章の精度を上げ、小説の構造を変えていく努力をしなければならない。

もうひとつ、伝わりづらいなと感じるのが、夫の収入が低い話だ。エッセイで度々「夫は低収入だ」と書いてきたが、それはそう書かないと、結婚して私が安定したとか、夫の収入で育児をしているとか、誤解されそうで嫌だからだ。それと、家族で収入差がある場合の高い側の心理を面白く書けたらな、という思いもある。

それなのに、「旦那さん、もっと稼げるようになるといいですね」「そんなことないでしょ？　書店員さんだって、立派な仕事じゃないですか」といった反応がある。いやいや、もっと稼いできて欲しいという気持ちは私には皆無だ。私は、金は自分で稼ぎたいのだ。自分が稼いでいる程度の金で家族を養い、身《み》の丈《たけ》に合った暮らしをしていきたい（実行が難しいのだが）。あと、書店員が立派な仕事なのは、よくわかっている。収入というのは仕事の立派さに比例しないのだ（みなさんもご存じの通り）。私は、低収入でも立派な仕事をする夫を尊敬しており、ずっとこのままで働いてもらいたいと思っている。変わって欲しくない。

それから、「そうですよね、最近は夫と同等の収入がある妻もいますものね」といった反応があることもある。いや、同等だったらなんの問題もないじゃないですか、と私は思う。しかし、こういうことを言われるということは、男女の収入差の話というものが、男のプライドの問題や女の立場の問題について書かれたものだと、未だに読まれがちなのに違いない。つまり、「男性と対等になりたがっている」と私は誤解されているのだろう。

ちなみに、私の夫は貯金が〇円《ゼロ》で、ファストフードアルバイトで生活するフリーターくらいの月収だ（私との収入差は、同等とか、ちょっと少ないとかではない）。それを夫は恥じていない。男のプライドの問題で悩んだことは、私も夫も一度もない。

この際だから、はっきり書く。私には、「男性と対等に仕事をしたい」といった気持ちはまったくない。また、「女性が生き易《いやす》い社会を作りたい」「女性の権利を主張したい」という思いもない。

一番しっくりくるのが、「フェミニンな男性を肯定したい」だ。

先日、夫と赤ん坊と一緒に図書館へ行ったときに、大学で男性学を教えているという人の講演会のチラシを見つけた。社会学者の田中俊之《たなかとしゆき》さんが、男性の育児について話すとのこと。託児ができる、と添えられてあったので、申し込みをして出かけた。赤ん坊を預け、夫と二人で話を聞いた。男性学の話はフェミニズムよりも耳馴染《みみなじ》みが良かった。

それから、また別の日、図書館へ行ったときに、『フレンチアルプスで起きたこと』という映画が館内で上映されることを知った。また託児ができたので、赤ん坊を預けて、夫と二人で観た。

スウェーデン人の夫婦とその娘と息子が、スキー場へバカンスに行く。ゲレンデにあるレストランで家族四人で食事していた際に、雪崩《なだれ》が起きる。咄嗟《とっさ》に、夫は自分だけ逃げてしまう。その瞬時の判断を後悔して、夫はすぐに家族の側《そば》に戻ってくるのだが、そのあと延々と「父親なのに、子どもを守らなかった」と妻から責められ続ける、というストーリーだ。

人間だったら、咄嗟の判断を誤ってしまうことはある。もしも、逃げたのが妻だったら、「マッチョになって、子どもを守るのが普通だろ」とは責められなかったはずだ。男だから、怒られる。平等な社会を、と考える女性が、『父親イメージ』から外れた男性のことは責めていい」と思ってしまう。今の時代の男性は大変だ、としみじみ思った。

講演会を聞いたり、映画を観たりしたあと、「こういうことだよ」と思った。私がこれまで小説やエッセイで書いてきたのは、いや、上手く書けていなかったのだとしたら、少なくとも書きたいと思ってきたことは、こういうことだ。

男女問わず、おかしな性別イメージで苦しむ人が書きたい。

こうやって、「母ではなくて、親になる」と書いていても、「性別に関する文章を綴《つづ》っているのなら、きっと、男性を責めているんでしょうね」「父親の意識を変えたいと思っているんでしょうね」「僕は母親をすごいと思っていますよ。父親は母親にかなわないですよ」と、またしつこく誤解されそうで怖い。

私は、「母ではなくて、親になる」と書いているのだから、夫に対しては「父ではなくて、親になれよ」と思っている。私は夫に対して露《つゆ》ほども、「マッチョになって、子どもを守って」「育児資金を稼いで」「ときには威厳を見せて、子どもを叱って」なんて思っていない。それぞれが、いい親になれば良い。役割分担をする気はまったくない。

私の夫は、性格も「男らしさ」とは無縁だ。人に優しくて、気質が穏《おだ》やかで滅多《めった》に怒らず、誰とでも仲良くなれて、場の空気を乱さず、肯定語ばかりを使い、優柔不断で、世間知らずで、地図が読めず、感覚で表現して論理的に喋《しゃべ》れず、思考がゆっくりだ。

私は夫と真逆の性格だ。だからと言って、私が父親役をやるわけではないのだが、家族のことを仕切ったり、何かを決断したりといったことは私が行うことが多い。「新聞に載っているこのニュースは、こういう問題が起きて、こういう解決策が提示されているのだ」といった解説も私の方ができる。旅行へ行くときも、ルートを決めたり、予約を入れたり、金を払ったりは私がやっている。赤ん坊が大きくなったときに、威厳を見せたり、きちんと叱ったりするのも、私の方が上手いに違いない。

だから、夫はそういうことは無理に頑張らないで、自分の得意なことをしたらいいと思う。優しさや愛情をたっぷり伝えたらいい。あと、朗読が得意なので、本の読み聞かせをやって欲しい。それから、他の親と仲良くなったり、保護者会に出たり、場を乱さずに自分の意見を発表したりしたらいい（私は人見知りな上、場の空気を凍《こお》らせる発言をよくしてしまい、礼儀やマナーもわかっていないし、メールなどのやり取りを滞《とどこお》らせがちなので、なかなか人と仲良くなれない。ママ友を作る気はない。だから、保護者同士の関係作りや、子どもの友人に関することは、すべて夫に任《まか》せたい。役割分担ではないが、お互いに自分が苦手なことを無理に頑張る必要はないと思う）。

あと、夫は高卒だが、頭がいい。そして、夫は「女性の方が頭がいい」なんて絶対に言わない。そこも気に入っている。

冒頭に書いた「女性の方が頭がいいと思っているんですよ」と言ってくる人は、高学歴の方が多くて、「女性には勉強ができる賢さではなくて、思考の柔軟さがある」「女性は感性が豊かだ。男性にはできない発想をする」といった意味で「女性は頭がいい」という表現をしていると思われる節がある。今度、「女性の方がすごい」と誰かから言われたら、スルーせずに、「それこそが、『女性差別』なんですよ」とちゃんと言おう。

ここで、私には「男性と対等に仕事をしたい」「女性が生き易い社会を作りたい」「女性の権利を主張したい」という気持ちがない、という話の補足をしておきたい。

どうしてそういう気持ちがないのか、理由を端的に書くと、「女性が男性よりも下の立場に置かれている」「女性だと仕事がもらえない」「女性に権利がない」と感じた経験を私はあまり持っていないからだと思う。

私より上の世代の方々が頑張ってくれたおかげで、私は学校で平等教育を受けている。「どうして女性と男性の二つに分けるのだろう」「女性という理由で『これをやれ』と言われるのはおかしいな」「個人ではなく、女性としか見てもらえないな」といった疑問を覚えることは度々あったが、女性の地位が低いとは決して感じなかった。

作家デビュー後は、ただの「作家」になったつもりだったのに、いちいち「女性作家」と紹介されることに抵抗を覚えたが、それは「女性作家」の地位が低いからではない。現代では、むしろ、男性の作家よりも、女性の作家は重く扱われがちだ。これも、上の世代の作家が仕事を頑張った恩恵をこうむっているのだろう。また、女性に対して変なことを言ってはいけないという空気が社会に満ちていて、男性が言い返してこないので、男性よりも女性の意見の方が世間に通り易いと感じる。女性の作家の立場が悪いとは決して感じない。では、なぜ「女性作家」と言われることを私が嫌っているのかと言うと、私には「性別でカテゴライズされずに社会参加をしたい」という信念があるからだ。私は、ただの人間として職業に就《つ》いている。権利や立場が欲しいのではない。女性として振る舞った方が地位が上がるとしても、断りたい。地位が下がっても構わないので女性から離れたい。女性として仕事をする気が毛頭《もうとう》ないのだ。「女性作家」という言葉には、「作家」とは別の職業イメージが付いている。私はそれを嫌悪している。

それから、私は「みんなが生き易い社会になればいいな」という思いを持っているが、「女性が」と殊更《ことさら》に言いたくない。「女性が生き易い社会を作りたい」といったフレーズを聞くと、耳を塞《ふさ》ぎたくなる。もしも、「男性が生き易い社会を作りたい」というフレーズが街中の看板にあったら、どうだろうか？　ぎょっとするのではないか？　たとえ、その真意に「男性だけでなく、女性も、誰もが」という意味も含《ふく》まれているとしても、そのフレーズは、最初は人をぎょっとさせるし、上手い文ではない。ほんの少しずらした言い方をするだけで、みんなが気持ち良く聞ける。

私は、男性学というか、フェミニズムのその先というか、もうちょっと先のことを考えていきたい。

21 七ヵ月の赤ん坊

寝る前に、腕にまとわりついてきたり、布団《ふとん》の上をころころと転《ころ》がり続けているのを見ていると、「ペットみたいだな」と思う。犬みたいで可愛らしい。

たまに、

「猫と一緒に考えちゃいけないですよね」

「私は犬を可愛がっているんですけど、赤ちゃんは犬と違いますよね、すいません、ははは」

といったことをペットを飼っている人から言われることがあるが、違わない。ペットと赤ん坊を分けて考える必要はない。

私は自分の人生でペットときちんと付き合ったことがなく（金魚や小鳥などの小型の動物は子どもの頃に飼っていたが、犬や猫などのこちらにがっつりなつく動物や、大型の動物は飼ったことがない）、ペットとの付き合いがどういう感覚のものなのかを実際には知らないのだが、家族の一員として迎え入れ、ときには子ども以上に愛情をかけて付き合う、という人も大勢いることだろう。

数年前、私と同い年の友人（実家で家族四人と同居している）が、長年飼っていた犬が危篤《きとく》で会社を休んだ、父親も会社を休んだ、その日は家族全員が休みを取って家で看取《みと》った、しばらく立ち直れなかった、と言っていた。私は驚いた。人間の家族が死ぬときは仕事を休むものだが、ペットの死の際は仕事をするものだ、という思い込みが私にはあった。いや、仕事を休まない人も実際にいるだろう。でも、休む人もいる。人間でも動物でも、「どういう付き合いをするか」は、個人の感覚で行っていることで、他人が勝手に推察したり、一般的な考えを当てはめたりしてはいけないのだ。

赤ん坊の爪《つめ》を切っているとふつふつと喜びが湧《わ》いてくる（小さなハサミ型のベビー用爪切りで、指の上に伸びた二ミリほどの余白を、まあるく切り取る。動くので大変なのだが、妙に面白い）。おそらく、猫を飼っている人は、猫の爪切りで同様の思いを味わっているのではないか。「猫と赤ん坊は違う」とおごった考えを持ってはいけないなあ、と思う。

そういえば、二年ほど前、河口湖へ芝桜《しばざくら》を見にいったとき、子どもを花の前に立たせて写真を撮っている人をたくさん見かけたが、ひとりだけ、人形を花の前に立たせて真剣に撮っている人がいた。その人形を撮っている人を面白がって後ろから撮っている人もいて、それはちょっと失礼なんじゃないか、と私ははらはらしたが、人形を撮っている人は動じず、人形だけに向かい合っていた。人形と家族付き合いをしている人もいるわけで、それをこちらの尺度《しゃくど》で見て可笑《おか》しがるのは、やっぱり良くないよなあ、と思う。

とにかく赤ん坊はこの頃、とみに私に会いたがる。ペットのように、私にじゃれる。近くに寄ってこようとする。私だけでなく、夫に対してもそうだ。

夜、ベビー布団に寝かせても、ころころ転がって私や夫のところに来て、体をこすりつけたり、上に乗ろうとしたりして、なかなか寝ない。一緒にいられることをものすごく嬉《うれ》しがっているみたいに見える。

昼間も、床で遊ばせていると、人のいる方に寄って来る。寝返りだけでなく、手で床を押して、ゆっくりと近寄ってくる。俗に「ズリバイ」と呼ばれている移動の仕方を少しずつ習得してきた。

私が疲れてソファの上にごろりと横になっていると、ソファの足元に来て、見上げる。そのまま放置すると、ずっと見上げている。赤ん坊の存在を軽んじているみたいで切なくなってくるので、さすがに身を乗り出して赤ん坊の顔を見る。すると、ぱあっと顔を輝かせて、「目が合って、嬉しい」という単純な表情を浮かべる。放置されて悔《くや》しいなんて微塵《みじん》も思っていない。抱き上げると、きゃきゃと笑う。「一緒にいられて、幸せだ」と思っているようだ。

また、私がキッチンで用事があって、しばらく作業をしていると、赤ん坊もキッチンに入ってきてしまう。そのため、仕切り（赤ん坊には通れない柵《さく》のようなもの。大人は跨《また》いで通る）を買って設置した。すると、キッチンの方に来たそうにして、ずっと仕切りの前にいる。私が仕切りを跨ぐと、「わあ、会えた」という顔をする。放っとかれた、なんで会いに来ないの？　なんてことはまったく思っていない。「会いたかったので、会えて嬉しい」としか思っていない。そういう顔だ。

なるほど、人と人とは、こうでなくっちゃな、と私は自分を省《かえり》みる。

会いたい人と会えないとき、つい、「こちらから『会いたい』と言うのは悔しい」だとか、「この前はこちらから誘ったのだから、次は向こうから誘うべき」だとか、思ってしまう。やっと会えたときも、「こちらが会いたかったときに会ってくれなかったことに対して、そちらはどう報いるつもりなのか？」と恨《うら》みつらみをぶつけたくなることもある。

赤ん坊には、そういうのがまったくない。「会いたい」「会えた」というシンプルな気持ちのみだ。

赤ん坊も数年経《た》ったら、もうこんなに単純ではなくなってしまうのかもしれない。寂しいことだ。

このように、動き回り始めたので、赤ん坊の体は引き締まってきた。

私のところにいる赤ん坊は、三十七週で通常より早めに生まれたというのに最初から大きめで、病院の新生児室に見にいったときも、他の子より随分《ずいぶん》でかいな、と心配になった。

「なんで大きいか、先生に質問した?」

と母から聞かれ、え? 理由を考えるべきなの? と思った。結局聞かなかったが、しばらく引っかかっていた。

何が心配なのか、上手《うま》く言えないが、要は「他の子と違っていていいのか」「平均値の体格を目指して努力した方がいいのではないか」という思いを、私も持ってしまっていたのかもしれない。また、肥満に対する恐れもあって、それは病気に罹《かか》りやすいということもあるが、それよりも恥ずかしさがあった。赤ん坊のことを「太っている」と表現するのはかわいそうなので、できるだけ避《さ》けた方がいいのだろうが、首や手首、関節などが、深くくびれていて、むっちりと、ハムっぽい印象だった。可愛いことは可愛いが、このままでいいのか。

夫の背が高いので大きいのかな、とも考えたが、なんでもかんでも遺伝で処理するのが私はあんまり好きでないのと、身長が大きいだけでなく体重も重いので、気になった。

家に連れて帰ってからは、さらに重くなり、ハムさは増した。

インターネットで検索をかけると、「この時期の赤ん坊が太めなのはまったく気にする必要ありません。欲しがるだけ母乳を与えてください」「寝返りやハイハイなどで運動量が増える時期が来たら、大抵は引き締まってきます」という意見ばかりだった。本当だろうか、といぶかしみ、もしこのままずっとぽっちゃりしていたら、さすがにどこかで努力を始めた方がいいのではないか、という風に考えた。

病院で育児講座が開かれたので、生後二ヵ月くらいのときに出かけた。優しそうなおじいさん、といった印象の小児科医が話をしていた。三十人くらいの受講者がいて、質問の時間になったとき、続々と手が挙《あ》がった。日本人は控《ひか》えめなので、講座やトークショー等の「質問コーナー」でなかなか手が挙がらないものなのに、子どものことでは遠慮したくない、恥ずかしがりたくない、と思う人が多いのだろうか。勢いに押され、私も挙手し、

「今は体重が重めでも気にしないでいいとのことでしたが、それでは、いつくらいから気にした方がいいのでしょうか？」

と質問した。

「いつから……、そうですねえ、思春期でしょうか？」

と小児科医は答え、会場には笑いが起こった。

それで、もう気にすることないか、と思って過ごしてきた。

だが、今になって活動的になり、やはりスレンダーな体つきに近づいてきた。

むっちりしていても可愛いが、引き締まっているのも可愛い。赤ん坊が生まれてからこれまでずっと「もしかしたら、今が一番可愛い時期なのではないか？」と思って写真を撮りまくって過ごしてきたが、どんどん可愛さを更新していく。

一時期、調子に乗って高いベビー服を何枚も買ってしまったが、最近、『美しい距離』という自著を出版したら驚くほど売れなくて、経済力に自信がなくなった。私の書いたものにしては結構話題になった作品だったので、それでこの程度の売れ行きということは、次に出す本の初版はもっと少なくなる。ばかな散財は止《や》めよう、と気を引き締め、やはりファストブランドのベビー服を買うことにした。安い服でも、工夫すると可愛く見えるみたいだ。自分の服も「プチプラコーデ」と呼ばれる、廉価《れんか》なファッションを勉強しようと思う。

フリーランスは収入の上下が激しい。私は多めの収入があったときに、いい気になってしまう。良くないことだ。今後の人生では、生活レベルを決して上げないことにしよう。安くておいしいレストランに行く。ハイブランドの服や、宝石は、絶対にひとつも買わない。真珠くらいはいつかは……、と思っていたが、それもあきらめる。

家具は量販店で買う。

定収入のある夫は、素晴らしい書店で、意義のある仕事をしているのだが、今の時代、「町の本屋さん」は厳しいので、給料は低い（伝わりづらいことなので何度も書くが、給料のために仕事をしないで、社会のために仕事をして欲しいので、絶対にこの店で働き続けて欲しい、と私は思っている）。

作家は定年がないので、人生八十年として、おばあさんになるまで続けられるとしても、金はどうなるかわからない。若いときは、「いつかブレイクする」というイメージを抱いてしまっていた。「家賃を上げて自分にプレッシャーをかけて、上を目指す」という思いを抱いているときもあった。でも、今は逆に家賃を下げながら都心から離れていっている。もう、ブレイクはしない。人生の折り返し地点が近づいているのだし、やりたい仕事をする。上下することに敏感になっても何もいいことはない。書きたいことを書くというだけの人生にして、たとえ何かで一発稼げても、生活レベルを下げる。

妊娠中に、とある街を夫と散歩していたとき、

「ここに引っ越したらいいかもねえ。孟子《もうし》のお母さんも『学校の近くで子育てすると良い』って言ってたし」

夫が何気なく言った。

「え？　そんなこと言ってた？」

「言ってたでしょ」

孟母《もうぼ》三遷《さんせん》のことだった。孟子の母は、孟子が小さいときに墓地の側から市場の側へ、市場の側から学校の側へ引越しをして、そのおかげで孟子が学問を志した、という伝説がある。

私たちが現在住んでいる家は五年の定期借家なので、赤ん坊が三歳ぐらいになる頃には引っ越さなければならない。

これまで私がぼんやり考えてきたのは、一戸建てを建てたいということだった。私の父も、私が三歳になった頃（父は、今の私と同じ三十八歳だった）、一戸建てを建てた。夫は貯金ゼロなので、私が稼いで建てたいと考えていた。

私の年ぐらいになると、多くの人がすでにマンションや家を購入しているものなのに、私はずっと賃貸でやってきた。

夫の稀《まれ》に見る良い科白《せりふ》が出たことだし、この街に一戸建てが建てられたら……、と夢は膨《ふく》らんだ。それからは、しょっちゅう、その街に対する憧れが胸に湧いた。大学のある街で（べつにその大学に進学させたいわけではまったくないのだが）、雰囲気がいい。素敵な書店もある。いつか、ここに住めたら……。

今となっては、もう、それも無理かもしれないな、と考える。

大学は、赤ん坊が行きたがったら、もちろん応援して、是が非でも金を作るが、本人が進学ではない夢を見つけたり、学校や勉強が嫌いだったりしたら、行かなくていい。

夫も、私の両親も、夫の両親も、大学には行っていない。

金がなくても、学歴がなくても、知的な生活が送れるということは、夫から教わった。

まあ、なんとかなるだろう。

金がない、と言いつつ、七ヵ月の終わりには初めての一泊旅行へ連れていき、また写真を撮りまくった。

22　努力

少し前のことになるが、あるフリーアナウンサーが、社会保障給付費の問題を取り上げてブログを執筆した。人工透析《じんこうとうせき》にはものすごく金がかかり、それを国が負担している。そのブログでは、人工透析をしている人の中に自堕落な生活の結果病気になった人がいるとし、また、治療を真面目に行わない患者がいる（食生活を改めないなど）として、こういった自業自得の人に社会保障給付費を使うのはどうだろうか、と疑問を投げかけていた。そうして、その記事のタイトルに、「自業自得の人工透析患者」に対する「殺せ」という文言が入っていたこともあって批判が集まり、「炎上」状態になってしまった。この「炎上」のニュースはマスコミでも大きく取り上げられた。

私は、その執筆者を批判したいわけではないので、敢《あ》えて名前は出さない。その方は大き過ぎる社会的制裁をすでに受けてしまっているみたいなので、もう責めたくない。ブログの執筆者にこれ以上つらい思いはさせたくないし、もう時間も経《た》ったので、触れないであげた方がいいとは承知している。だが、このニュースをきっかけにちょっと考えたことがあり、その人への批判ではなく、単なる私のエッセイとして、申し訳ないが少しだけ触れさせてもらいたい。私はそのフリーアナウンサーのブログをこれまでもちょこちょこ読ませてもらっており、今回の記事も改めて読んだ。そして、そのニュースに関する様々な人の意見も読んだところ、私の考えと同意見の人が見当たらず、私が書く意義があるかもしれない、と思った。

私が思ったのは、「成熟した社会においては、病気になった過程を問うてはいけないのではないか」ということだ。

ブログの執筆者は、「殺せ」という強いワードを使ってしまったことがミスだった、という観点からその後に謝罪をしている。真面目な生活をしているのに罹患《りかん》してしまった人まで傷つけてしまったのは執筆時の自分の意図に反する。過激な言葉を使って誤解を生んだのはミスだった、ということのようだ。

また、ブログの執筆者に対して批判している人の多くが、「言葉を扱う覚悟が足りない」「人工透析のイメージを傷つけた」「先天的に病気を持っている人や真面目に治療している人までが不真面目な患者と一緒くたにされ、大きな迷惑をこうむっている」といった意見を出していた。

しかし私は、単語のミスではなく、文章全体を貫く論理が差別的だから問題なのだ、と思った。

社会保障給付費は上手《うま》い使い方をされていないのかもしれないし、医師が患者に対して不信感を持っている現状があるのかもしれない。それだったら、そう書けばいいだけではないだろうか。税金の他の使い道とのバランスが取れていない、と。医師からはこういう意見が出ている、患者にはこういう努力が求められている、と。そういう論調だったら、私は頷《うなず》ける。しかし、真面目に生きていて罹患する人もいるが、自業自得の人もいる、と、病気の人を二分する行為、それは差別だ、と私は思う。

努力によって克服できる災難は人生に数多く起こる。生活習慣によって罹《かか》る病気、本人のミスによって負う怪我《けが》がある。生まれつきのものや、治療不可能なものもあるが、本人の努力で予防できたかもしれないもの、罹患後に本人の努力によって病気の進行が抑《おさ》えられるかもしれないものだってある。

ここ数年、「自己責任」という私の嫌いな流行《はや》り言葉があって、この言葉が病気や「障害」に当《あ》て嵌《は》められてしまうことがある。「真面目に生きているかわいそうな人なら助けたいが、自己責任の人は助けたくない」という意見が世間にかなり多いことを、私はひしひしと感じてきた。

しかし、努力できない人も助けるのが成熟した社会ではないのか。

成熟した社会では、困っている人がいたら、理由を問わずにみんなで援助する。その人がどうやって生き難《にく》い状況になったのか、それを問題にしてはいけない。そもそも、世界中の人ひとり残らず、完璧な努力などできていない。もっと努力したい、と思いながら生きて、成し遂《と》げられないまま《な》みんな死ぬ。

努力して英語を喋《しゃべ》りたい、努力をして英語だけでなく何ヵ国語も喋りたい、努力して節約したい、努力して自分の生活費を稼ぎたい、努力して健康的な食事をしたい、努力して運動を日課にしたい、人類のほとんどがそう思いながら生きている。でも、完璧な努力ができる人はひとりもいない。完璧な努力ができない人の中に、どちらかというと努力ができる人と、あまり努力ができない人という濃淡があるだけで、二分はできない。

どうして二分したいのか？　かわいそうな人を作り出したいからではないか。同じ方向に努力する人々というカテゴリーを作って、その中の上位に自分が立ち、努力しても恵まれないかわいそうな人を下に見たいのではないか。

私は災害時に寄付をするとき、どのくらいの額にしようか悩む。相手に失礼ではない額、でも、自分がつらくならない額……。自分が着ない古着を寄付したり、いらない小銭をじゃらりと寄付したりするのは良くない、という注意をよく耳にする。人助けと言われる行為の際、つい相手よりも自分の立場が上だと錯覚しがちだ。それを避けるのにどうしたら良いのか。

かわいそうな人を助けたいのではない。困っている人を助けたいのだ。自分が恵まれているから、恵まれていない人をかわいそうに思って助けたいのではない。困っている人が少ない社会の方が自分が快適に過ごせるから、困っている人はできるだけなくしたい、という程度の思いだ。自分のためにやっている。

それと同じように、病気の人のことも、かわいそうな人と見てはいけないのではないだろうか。

私は病院を取材していないので大きなことは言えないが、真面目に治療をしていないと言われる人工透析患者の中にも素晴らしい人や面白い人がいるだろう。世の中、真面目な人ばかりではつまらない。多様な人が集まってこそ社会は成熟する。努力する人以外は切り捨てる、という社会は持続できない。

それに、努力できるかできないか、といった問題が、個人のみに起因して起こっているかどうかも疑問だ。社会全体の問題として、なかなか努力できない雰囲気が作り出されている可能性もある。

もちろん、金は有限なので、困っている人すべては助けられない。どこかに線を引くことになる。そのときは、かわいそうかどうかではなく、困っているかどうかで引くのが良いのではないか。

私はここ二年ほどの間、父をがんで亡くし、流産と出産もあったので、病気や出産はどこまで個人の出来事なのか、どこまでが個人の責任なのか、誰に助けを求めることができるのか、社会にとっての病気や出産は一体なんなのか、といったことをぼんやりと考えるようになっていた。それで、この人工透析の問題が他人事ではないと感じられたのだった。

父の看病中、「なぜ、がんになったのか？」「どんな生活を送っていたのか？」「どのように治療を進めているのか？」と医療関係者ではない、私の周囲にいる親戚や仕事関係の人からも聞かれ、「みんなが思う唯一の正しい道」を進むことを世間から求められているようなプレッシャーを感じた。

また、妊娠中、生まれてくる赤ん坊が世間で言われるところの「障害」があるかもしれない、「病気」がある子かもしれない、ということを強く考えていた。

というのは、インターネットで「高齢出産」というワードを検索したら、「障害」「障害」「障害」とずらりと並んだのだった（実際には、「障害」がある子の出産には様々な要因があって、理由は判別できない。「障害」がある子を産むことは若い妊婦でもあることだ。また、高齢出産でも「障害」がある子の出産の確率はそうではない場合よりもかなり低い。でも、言葉がずらりと並ぶと、そのイメージが強く頭に浮かんで百パーセントに近く感じられてくる)。

高齢出産は自己責任、出産する努力を若いときに怠《おこた》った(仕事や自分を優先した)、高齢になったら子どもはあきらめるものなのに自分で産むと決めた、それでも産むのだったら「障害児」が生まれた場合は自分だけの責任で育てるべき、税金を使うな、という論調だ。

これはインターネットで見た限りのことなので、実際に私の周囲にいる多くの人がそう考えているのかどうかまではわからない。人間はインターネット上で露悪的になりがちだし、サイレント・マジョリティという言葉がある通り、多くの人が思っていることはむしろインターネットに載らない、ということだってあるだろう。

でも、少数だとしても、何人かは必ず、こう思っているわけだ。私はおびえた。

「障害」とはなんだろう。

調べていくと、その子の存在そのものに関わるような特性ではなく、社会側からその子を見た場合に特別な支援が必要と思われること、という程度に過ぎないみたいだ。

妊婦の高齢化問題において、誤解を含《ふく》めよく言われるのが、ダウン症のある子の出産についてだ(恥ずかしながら私は、調べるまで、「ダウン症の子」と思っていた。しかし、今は、「ダウン症のある子」と表現される。確かに、ダウン症はその子そのものではない。人は誰でも、様々な性質を持って生きている。その中のひとつにダウン症があるわけで、ダウン症のある子は、ダウン症の他にもたくさんの性質を持っている。他の人たちと同じように)。

そのため、私はダウン症について書いてある書籍を何冊か図書館で借りてきて、またインターネット記事も読《よ》み漁《あさ》った。

いろいろ読んだあと、甘いと言われるかもしれないが、こう思った。私は、ダウン症のある子が生まれた場合も、きっと育てられる。

だから、出生前診断はしなかった(現在では、任意で胎児の染色体《せんしょくたい》を検査することができる。「ダウン症の可能性がある」と診断された場合に堕胎を選ぶ人が多いため、出生前診断の是非が議論されている)。

ただ、育てられる、と言っても、「立派な母親になって、ダウン症のある子を素晴らしく育ててあげられる」とはまったく思わない。私はすごく頭が悪いというほどではないが良い方ではないし、まったく稼いでいないわけではないが大きな経済力は持っていない。ダウン症のある子に優れた教育を施《ほどこ》すことはできないし、合併症など治療が必要になった場合に最先端の医療を受けさせることもできないかもしれない。でも、それはどんな子が生まれてもそうだ。私ができる程度の育て方しかできない。「出生前診断をした方が、『障害』がある子に対して早めの準備ができる」という意見もあるみたいだったが、私はどうせ完璧な準備なんてできないし、調べた限りではダウン症のある子の合併症などに対して妊娠中にできる治療はないようなので、妊娠中にわかる必要もないと思った。

そして、「その子の療育に、他の人の助けを借りて良いのではないか」とも思った。インターネット上では、出生前診断を受けてダウン症がある可能性を診断されたのに産むと決めた、あるいは、そもそも出生前診断を受けないと決めた、という妊婦が「障害」のある子を出産した場合は、「自己責任」だ、税金を使わずに自分で育てるべきだ、という意見が散見された。

それを見たとき、私は雰囲気にのまれた。若いときに出産したかったがそれに向けてものすごく努力をしたわけではなかった私は、耳が痛かった。また、「産まない」という選択もあるからには、「自分で産むことを選んだ」と他人から思われるのは仕方なく、自分に責任が生じるのかもしれない、とも感じられた。真面目に生活している若い妊婦さんに引け目も感じた。

でも、よくよく考えれば、やっぱり、雰囲気にのまれてはいけないと思い直した。しっかりとした努力ができなかったとしても、自分で選んだ部分があるとしても、困ったら、助けを求めて良いのではないか。

私は、ダウン症のある子が周囲に迷惑をかけているとか、社会にとって負担だとかは、まったく思っていない。それなのに、なぜ自分が産むときは、引け目を覚えるのか。その子がどうやって生まれたかを問おうとするのか。若い人がダウン症のある子を出産することももちろんあるし、理由は様々で調べようがないのに、自分のせいだ、自分が悪い、だからこの子がこうなった、周囲に対し恐縮だ、と思いたがるのは、差別ではないのか。

その子がどうやって生き難くなったのか、それは問う必要がない。困ったら助け合う、というのが成熟した社会だとしたら、助けてもらう側も堂々とした方が良い。

それで私は、もし、「障害」のある子が生まれたら、堂々と助けてもらおうと決めたのだった。

23 八ヵ月の赤ん坊

急に楽になってきた。

なぜだろうと考えるに、笑っている時間が長くなったからではないか。

少し前まで、起きているときはほとんど泣いていて、まるで「泣くのをなだめるのが育児」といった感じだったのに、今は泣いている時間よりも笑っている時間の方がずっと長い。

起きて私と一緒にいるときは、大体が笑って過ごしている。生きているのが楽しくてたまらないみたいだ。そうすると、こちらのストレスがすうっと消える。一緒にいて疲れないどころか、仕事の悩みも吸い取られる。

それと、本人なりの思考もできるようになったのか、遊びという程ではないかもしれないが、「ひとり遊び」らしきものをする時間がある。クッションのフリンジだとか、オモチャだとかをいじって時を過ごしたり、ハイハイやつかまり立ちの運動をしたりして、世界の拡張や自分の能力を試して楽しむ。

先月はズリバイも怪《あや》しかったのに、八ヵ月になったら、あっという間に動きが子どもっぽくなった。

「あれ、これハイハイじゃない？」

私は夫を呼んだ。腰を上げて、右足、左足、と交互に動かしたので、これが噂《うわさ》の……、と思った。

「そうだ、ハイハイだ」

夫も頷《うなず》く。

「進化の過程だ。まるで魚が陸に上がったときみたいだね」

のっそりと動いている。

これからゆっくりハイハイが上手《うま》くなっていくのだろう、と思っていたら、翌日には縦横無尽にどんどん移動した。

そうして、その翌週には、ソファなどの少し段差のあるところに手をのせて腰をあげ、くの字の姿勢をとった。

これからゆっくりつかまり立ちを習得するのか、と思っていたら、それから三日ぐらいで、ソファに手をのせて腰をまっすぐにした。

「あれ、つかまり立ちじゃない？」

「そうだ」

発達というものは早ければ早いほどいいのではないか、と思ってしまっていたが、どんどん進むとギョッとするし、可愛い時期が早く終わってしまう寂しさもある。

大体、せっかくハイハイも習得したのに、這《は》わずにつかまり立ちばかりでいいのか。最近の子は立ち上がるのが早いらしいのだが、本当は立ち上がるのは遅めにし、ハイハイを長期間行って足腰をしっかり鍛《きた》えておくことの方が大事なのだそうだ。家が狭いことや、椅子に座る洋風の生活をすることなどで、ハイハイの期間が短くなる傾向があるみたいだ。

私の家は狭くてあまりスペースがないし、大人はソファやテーブルで過ごしている。親がハイハイして見せるといい、という意見もあったので、私もハイハイして見せ、赤ん坊を振り返ると、

「ふっふっふっふっふ」

と赤ん坊は喜んで笑い、勢いをつけて私を追いかけてきた。

ボールを転《ころ》がして、追いかけるのを促《うなが》してもみた。

それでも、やはり赤ん坊はつかまり立ちを好む。

寝返りを習得したときにそればかりをしたのと同じように、段差を見つけるとすぐに向かっていってつかまり立ちをする。まるで趣味がつかまり立ちしかない人みたいだ。

つかまり立ちをしたあとは、ゆっくりとしゃがむということが難しいらしく、いつまでも立っている。疲れると泣く。

あるいは、ばたんと倒れる。それで、頭を二回打った。

フローリングの上にコルクマットを敷き、家具の角にクッション性のあるガードを貼ったが、基本は硬《かた》い世界だ。ふわふわな世界なんて到底作れない。

痛い思いをするのも勉強だろうが、脳は大丈夫なのか。それで、ヘルメットをかぶせてしまった。私は過保護の傾向があるかもしれない。だが、ちょうどこういう時期に部屋の中でかぶるための、軽くて、うさぎのような耳の付いたデザインの可愛らしいものがあったので、それをかぶせた。特に嫌がることもなく、素直にヘルメットをかぶったまま運動している。でも、ずっとヘルメットをかぶせているわけにもいかないし、冷静に考えれば頭を打つぐらいどうってことないはずなので、そのうち止《や》めたい。

しょっちゅうばたんと倒れるので目は離せないが、見た感じが頑丈《がんじょう》になってきたので、数ヵ月前のような気持ちはない。余裕を持って眺《なが》めている。思えば、四ヵ月くらいになるまで、死ぬんじゃないか、死ぬんじゃないか、と思っていた気がする。

元気なので、フローリングのリビングと畳《たたみ》の寝室の二部屋はどこでも行っていいことにした。ヘルメットの赤ん坊は縦横無尽に動いていく。

なんでも口に入れてしまうため（誤飲の事故が多発しているという。トイレットペーパーの芯《しん》を通る大きさのものは飲み込んでしまうとのことだ。特に、薬品や電池が危険らしい。また、喉《のど》を塞《ふさ》ぐものは窒息《ちっそく》に繋《つな》がるという）、どきどきしながら危険な物を取り除き、あとは自由にさせておくと、最近は本棚《ほんだな》から本を引っ張り出して遊んでいる。本に興味を持ったか、いいことだな、と見ていると、破る。紙を破くというのは赤ん坊にとってテッパンの笑いらしく、こちらには何が面白いのかまったくわからないがゲラゲラ腹を抱えている。

鮮やかな色に興味を示す赤ん坊のために奮発《ふんぱつ》して買った高価な生き物図鑑も、アルマジロのところを破った。図書館の本みたいにテープで修理した。

そんなある日、福岡県北九州市の文学館からトークイベントの依頼をもらった。夫は仕事があるので、母と行くことにした。母は北九州市出身なので、喜んで一緒に来てくれた。私も北九州市生まれで、ただ、生後七ヵ月でさいたま市に引っ越したので住んでいた記憶はない（祖父母の家があったので、年末年始や夏休みに遊びに行っていた思い出はある）。トークの相手は、やはり北九州市にゆかりのあるリリー・フランキーさんだ。

新幹線に五時間近く乗って移動するので、非常に不安だった。グリーン車で行く案も出たが、インターネットで調べると、「グリーン車は高いチケット代を払って静かに過ごしたい人が乗るものだから、子連れは迷惑」という意見があることを知り、指定席に決めた。端の席だと迷惑をかける率が低くなるだろう、また、長時間ということを考えると赤ん坊の分の座席もあった方が気持ちに余裕を持てるだろう、というわけで、最前列の三席を、出かけるひと月前の朝の七時にみどりの窓口へ行って予約した（新幹線指定席の購入はひと月前の十時から可能だが、七時に行って購入の代行をお願いすることができる）。第一希望の席ではなかったが、行きも帰りも端っこの席を購入できた。

いざ出かけてみると、心配していたほどの苦労はなかった。赤ん坊はわりと大人しく、周囲の人は優しかった。

インターネットには、「公共の場でのベビーカーは迷惑なので、必要のないときはすぐに畳み、親は周囲に対し『申し訳ない』という気持ちを持って移動するべき」「赤ん坊が泣くのは自然なことなので仕方がないが、親がそれを『仕方ない』と思うのは問題」などの意見が溢《あふ》れているので、できるだけ周囲にぺこぺこしよう、マナーに敏感になろう、と力んでいたが、完璧にはやれない。

でも、この旅に限らず、実際に電車などで出会う人々は驚くほど優しい人ばかりだ。車内で赤ん坊が泣くと、面白い顔をしてあやしてくれたり、「暑いのかなあ？　靴下《くつした》を脱がせるといいかもねえ」とにこにこ言ってくれたり、迷惑そうにされたことは今のところはない。話しかけてくれるのは年配の女性が多い（「孫も同じくらいなのよ」「私も育てたけど、もう随分前にひとりだけだから、忘れちゃったわねえ」など）。だが、意外と、ギャルやおじさんなども席を譲《ゆず》ってくれたり、笑顔で赤ん坊に手を振ってくれたりする。電車から降りるときにベビーカーが引っかかってしまったら、さっと三、四人の方が持ち上げて手伝ってくれたこともあった。

また、赤ん坊を抱っこしている人に席を譲るという配慮が浸透していてありがたいが、それはまだ「赤ん坊を抱っこしている女性」に限っての場合が多いのでは、と世間を軽んじていたら、あるとき、抱《だ》っこ紐《ひも》をしている夫に席を譲ってくれた若い女性がいた。「赤ん坊を抱っこしている男性」に女性が席を譲る。時代は進んでいるのだ。そのとき、私はものすごく嬉《うれ》しかった。

トークをしている間の赤ん坊は母に頼んだが、これまで赤ん坊の世話は私か夫しか行ってきておらず、ホテルなどの離れた場所で数時間見てもらうというのが不安だったので、トーク会場の控《ひか》え室《しっ》で二時間だけ見ていてもらうことにした。「アグネス論争」というのを聞いたことがあり、仕事の場に赤ん坊を連れていくのはどうなのか、というのは私も思った。ただ、私は最近、子どもに限らず、「仕事とプライベートをはっきり分ける」「仕事の場では自分のことで周囲に迷惑をかけない」というのはもう止めていいのではないか、という考えに傾《かたむ》いてきている。男性が子連れで職場へ行ける、自分が病気にかかって周囲の助けが必要になっても仕事を続けられる、介護をしながら就労もできる、そういう時代が近づいてきているのではないか。

文学館の方たちに親切にしてもらい、伯母《おば》たちにも会い、出張は無事に終わった。

赤ん坊は言葉は喋《しゃべ》らないが、この頃、喃語《なんご》をぶつぶつ言う。

「だっだっだっだっだ」

そうして、後追いの時期なので、人を見ると寄ってくる。私のことは格別に好きみたいだが、私ではない人のことも好きだ。先月までは強い人見知りがあって、祖父母に対しても泣いていたが、今月に入ってから少しずつ収まってきて、人間全体に好意を示す。

「だっだっだっだっだ」

向光性の虫が虫自身わけもわからず光を目指すように、我知らず人間を追いかける。笑ったり、喋ったり、追いかけたりしてもらうと、こちらとしては楽な気持ちになる。

24 選択

「あれもこれも選ぶというのを、贅沢《ぜいたく》とは思わないですか？」

先日、インタビューを受けた際、途中で雑談に逸《そ》れて、私よりひと回り若いインタビュアーから聞かれた。

「あれもこれも？」

私が聞き返すと、

「女性は、仕事を取るか、子どもを取るか、人生の選択がありますよね？　私も、最近周《まわ》りの友人たちが結婚ラッシュで、今のままぼんやり過ごしていていいのかな、って不安になることがあって……。仕事も頑張りたいし、できたら子どもも育てたいので、そろそろちゃんと選ばないといけないんじゃないか、って……。ナオコーラさんは、仕事も子育てもするって贅沢だな、とは思いませんか？」

と言う。

「贅沢と思ったことないです」

「そうですか」

「でも、結婚ラッシュって、早いですね。私の同級生たちは、三十歳を過ぎるくらいで結婚する人が一番多かったですけど、今は、二十五、六で結婚する人が増えているんですか？　最近は、また早くなってきたんですね」

「そうですね、早くなってきているのかもしれません」

そんな会話を交《か》わして、そのときはそれで終わったのだが、なんとなく心に引っかかって、家に帰ってきてからも考え続けた。

日本では第二次世界大戦後に男女の役割分担が顕著になって、女性が家事育児を担当し、男性が昼も夜もなく外で働いて経済成長を推《お》し進《すす》めた。でも、その形に少しずつ無理が出てきた。女性は不満を募らせ、男性は疲弊《ひへい》した。一九八六年に男女雇用機会均等法が施行されて、バブル景気だったこともあり、「働く女性はかっこいい」という価値観が蔓延《まんえん》した。当時、私は小学生で、その頃に、「女性には、職業を持つ人生と、子どもを持つ人生の、二通りがあって、どちらかを選ぶことができる」という考え方が広まった気がする。「キャリア・ウーマン」という言葉をテレビでよく耳にした。働きながら子育てをする人もいて、そういう人は「二足の草鞋《わらじ》を履《は》く」「ひとりで二役をこなす」という見られ方をしていた。

だが、九〇年代に入り、バブルが崩壊《ほうかい》し、私が中学生になった頃には、経済的理由で女性も働く、というのが平均的な考えになったと記憶している。男性の育児参加が推進される気配も漂い始めた。女性も男性も、働く権利と育児をする権利の両方を持っている。選ぶ必要はなくて、両方できる、あるいは、現在の社会状況ではまだ難しいとしても、「誰もが働きながら子育てができる社会を、これから作ろう」とする考え方が主流になっていたと思う。私自身、生き方を真面目に考え始めた十代後半には、仕事か家庭かを選ぶ、という発想は持っていなかった。

二〇〇〇年代に入って、私が大学生の頃は就職難で、卒業後はフリーターになる人がたくさんいた。会社に就職した人でも、給料は低いので、家族全員の生活費や教育費をひとりで稼ぐなんて夢のまた夢だった。主婦になりたい、なんて言える雰囲気はなかったと思う。

そして、現在、私は仕事をしながら育児を始めたが、「二足の草鞋」なんて、微塵《みじん》も思っていない。

けれども、私のひと世代下辺りからは、「主婦になりたい」という科白《せりふ》が出る。少し景気が良くなったのかもしれない。それと、節約が上手《うま》くなったのではないだろうか。私たちの世代のときは、「一馬力では、家族を養えない（バブル時代のような生活レベルを維持するならば）」というカッコ付きのことだったのかもしれない。最近は、高価な物（マンションだとか車だとか）を持っている人よりも、経済観念をしっかり持っていて無駄遣いをしない人の方がモテる。ハイブランドで背伸びする人よりも、安い服を上手く組み合わせる人の方がおしゃれだと言われる。そういう考えだと、「主婦になる」というのも夢ではないのか。

終身雇用制が崩壊したこともあって、男性も女性も仕事より家庭を重視する人が増えている。少子化が危《あや》ぶまれて、「子育てに専念するのが女性らしい生き方だ」という価値観が復活している。それで、仕事と育児を両方するのを「二足の草鞋」とする考え方も再び盛り上がってきたのかもしれない。「女性には二つの生き方があって、どちらかを、あるいは両方を、『選ぶ』」という方に揺《ゆ》り戻《もど》しが来ているのだろう。

それぞれの世代で考えが違うことが世の中を面白くしているのだろうし、べつにみんなが同じ考えをしなくて良い。ただ、私はやっぱり、「二つの道から選択して人生を作る」というのは、どうも馴染《なじ》めないと感じてしまう。

そもそも、生き方というのはもっと多様で、二つのタイプに分けられるものではない。

子どもを持たずに仕事をしている人でも、あの仕事もしたいし、この仕事もしたいし……、と、あれもこれもと欲張りになる。そういう意味では、二足、三足、四足の草鞋を履いている人もいっぱいいるだろう。最近、子どもを持つことが重要視され過ぎるようになって、出産や育児だけが大きなステップと捉《とら》えられがちだが、生きている中で起こる出来事はもっとたくさんあって、介護や自分の病気もあるし、勉強や趣味や副業もある。子どもについてだけを「道」と考えないで、もっといろいろなことで人生を作っていると考えた方が健全だと思う。

それから、私が「選択」ということでこのところ違和感を覚えるのが、「子どもを作るか作らないかを女性が選んでいる」と国が考えているように見えることだ。「女性は三十五歳以上になると子どもを作《つく》り難《にく》くなる」と女子中学生や女子高校生に教えることによって、少子化や、妊婦高齢化を食い止めようとする動きがあると感じるのだが、「これまでは、『子どもを産まないこと』や、『遅い年齢で子どもを産むこと』を若い女性が選択していたから、少子化や妊婦高齢化が進んだ」のだろうか？

もちろん、様々な事情から、子どもを持たないことを早い段階からしっかりと選択している人もいる。でも、男性と同じく、女性も、子どもを持つか持たないかを若いうちに決定している人は、どちらかというと少数派だろう。そして、「遅い年齢で持ちたい」と考えている人はきわめて稀《まれ》だ。流れに任《まか》せている人や、どちらかというと「産みたい」と考えている人、積極的に「産みたい」と思っている若い女性は、現時点でもわりと多いのに、なかなか妊娠できないのは、子どもというのは、たとえ頭で「産みたい」と思っても、子どもを欲しがるパートナーと出会えるかどうかという問題、経済状況の問題、パートナーの体質の問題、自分の体質の問題、……様々な事情が絡《から》み合《あ》うからだ。だから、若い女性が選択しているのが主な理由と考えるのは現状にそぐわない、と私には思える。

もちろん、「女性も男性も、年齢が上がるに従って妊娠が難しくなる」という知識は広めた方がいいに決まっているのだが、女性に限らず男性にも広めた方がいいし、「若い女性が妊娠を選ぶように」という目的で広めるのはおかしいと私は思う。選択権があると思い込ませて、若い女性に責任を押しつけている。

もしも、「男性は二十二、三歳で結婚したがる人が多いのに、女性が大抵それを断るので、結婚年齢が上がっている」という状況があるのなら、女性のせいなのかな、ともまだ思えるが、そんなことはないだろう。むしろ、まだ経済的に自信を持てない年齢での結婚を避けたがる男性の方が多いのではないか。

また、経済的に自信を持つ人が、「結婚はコストパフォーマンスが低い」という理由で、やはり結婚を嫌がるというのも聞いたことがある。

収入が多い側は、結婚後に生活レベルを下げることになる。私は、一般的に見たら収入がものすごく高いというほどではないのだが、夫と比べると差があるので、自分ひとりだけのことを考えたら、ひとり暮らしを続けた場合の人生よりもコストパフォーマンスは悪くなったと思う。だから、「結婚はコストパフォーマンスが低い」と考える男性の気持ちもよくわかる。でも、経済面の他は、楽になったり、面白くなったりすることがたくさんあるし、自殺したくなる夜も減ったから、自分の場合、結婚はかなりいいものだったなあ、と実感している。ただ、それは人それぞれのことだし、金と違って明確ではないので、結婚前にそれを認識して、「ああ、メリットあるなあ」と思うのはなかなか難しいだろう。

ともかくも、貧乏な人でも裕福な人でも、経済的な不安が解消されれば結婚したい、と思っている人がたくさんいるのに違いない。

だから、「女性の選択の問題」よりも、「経済の問題」の方が、結婚年齢の上昇に繋《つな》がっていて、ひいては少子化や妊婦高齢化が起きていると私は思う。とにかく、女性のみの選択によって子どもが生まれたり生まれなかったりしている、という考え方に、私は腹が立つ。

子どもというものを女性に属している存在として捉えて、子どもの問題を女性問題と一緒くたにする風潮があるみたいで、残念だ。

（さらにもうひとつ言えば、国がそんなに少子化を食い止めたいのだったら、婚姻関係の有無にこだわらずに子育てを応援したらいいのになあ、とも思う。この国には、結婚する前に子どもを作ったり、結婚せずに子どもを作ったりすることを応援する雰囲気がまだない）。

ただ、「そもそも人間は『選択』って本当にしているのかなあ？」とも思うのだ。

確かに人生は短くて、仕事にはタイミングがあるし、出産にはタイムリミットがある。生きているとき、やりたいことをなんでもやっているわけではない。何かを行ったときには、何かをできなくなっている。「何かを得たら、何かを失う」は道理だ。私も、子どもを育てることで、何かを失っているのだろうな、とは思う。たぶん、できなくなった仕事もあるだろう。

だが、しっかり選んでそうなっているのかは疑問だ。

確かに、「これではなくて、あっちを選ぼう」という行為をするときはある。でも、自分の想像通りのものを手にいれて、予想した通りのものを失うことはまずない。

何かをしっかり選んで、何かをきっかり失えるほど、人生は単純ではない。

私も、仕事したい、子ども欲しい、とぼんやりとは思ったものの、選んだ感触は持っておらず、なんとなく流されてこの状況まで来た。社会の雰囲気も大きく作用していると思う。たとえ自分が今のままの性格でも、この時代に生きていなかったら、今みたいな生き方はしていなかっただろう。

それと、「子どもを持つことを選んだ」という科白に嫌悪感があるのは、つい言い訳に使ってしまいそう、という理由もある。自分の仕事が上手くいかなくなったときに「仕事ではなく、子どもを選んだからだ」と自分を納得させてしまったら良くない。

仕事を頑張っている友人を見たときに、「でも、私には子どもがいるから」と思いたくない。子どもを持たずに仕事を頑張っている人だって、いろいろな問題を抱えながら、仕事も頑張っている。それなのに、「仕事に集中できてうらやましいな」「身軽でいいな」とうらやんだらいけない。決して、「私は、仕事一直線ではなくて、子どもも持つ人生を選んだから、仕事を頑張り切れなくても仕方ない」「子どもで幸せになれるから、仕事では幸せになれなくてもいい」なんて思いたくない。私は仕事でも幸せになりたい。

仕事ではない部分の人生は、子どもだけではない。介護、自分の病気、支えなければならない家族や友人知人、副業、趣味、ボランティア……、人それぞれだ。「仕事を選んでいる人」「子どもを選んでいる人」「両方を選んでいる人」というカテゴライズは意味がない。誰だって、いろいろなことをやりながら、自分の道を歩いている。

私は決して、二足の草鞋は履いていないし、二つの道も見ていない。私は自分にとってのひとつの道を進んでいると思う。

25　九ヵ月の赤ん坊

喫茶店で小説の打ち合わせをしていて、保育園についての雑談になり、

「四月から入れるといいな、と思っているんですけど……」

私が希望を吐露《とろ》すると、

「今ぐらいが、ちょうど締め切りの時期ですよね」

編集者さんが言った。

「え？　そうなんですか？」

私は驚いた。

「たぶん、どこの自治体も、十一月ぐらいに四月入園の募集を締め切るんじゃないかと……。でも、それぞれ違うと思うので、役所のホームページで確認してみると良いかもしれません」

「だけど、前に役所へ行ったときは、『入りたい月の前月に申し込みに来てください』って言われたんですよ」

「他の月の、いわゆる途中入園に関してはそうだと思うんですけど、新年度の募集だ

けは、かなり前に締め切るんですよ。おそらく、多くの自治体で、今週か翌週くらいで募集を締め切ると思います」

編集者さんは保育園問題で育休明けの復帰がスムーズにいかなかったり、兄弟を別々の保育園に預けたり、大変な思いをしているので詳《くわ》しいのかもしれない。

家に帰ってからインターネットで調べると、本当に翌週末が締め切りだった。一週間で保育園を見学して、申し込む保育園を第五志望まで決め、役所へ申し込み用紙を持っていかなければならない。わたわたと焦《あせ》る。でも、もしも編集者さんとあの会話を交《か》わしていなかったら、そもそも申し込みをし損ねた可能性が高いのだ。むしろ「ラッキーだった」と捉《とら》えた方が良いだろう。

育児エッセイを書いている身で、こんなにぼんやりしていいのか。読者に呆《あき》れられるに違いない。

ここ数年で「保活」という言葉が広まった。

ひとりで育てている人はもちろん、今は経済難で主婦や主夫になる人が稀《まれ》なので、二人で育てている人でも、多くの人が働きながら育児をする。保育園というものがとてもありがたい場所になる。仕事をしている間、保育士さんが子どもの安全と健康を守ってくれるのだ。昔はこんな場所はなかったのだから、社会の発展というものは素晴らしい。

だが、入園を希望する人に対して保育園や保育士さんの数が圧倒的に足りない。それが社会問題になっている。子どもを産んだ場合に預け先がないということは、働き続けられないということで、働き続けられないということは育児資金が稼げないということで、やっぱり子どもは産めないとなる。少子化が進むので問題だ、というわけだ。

それで、保育園や保育士さんを増やすことが各自治体で検討されている。ただ、保育園は騒音などがネックとなって新設が難しい。また、責任が重く労働がきついのに低賃金、という保育士の仕事を長く続ける人は少ないともいう。

とにかく、現状では保育園になかなか入れないので、子が腹にいる段階から「保活」、つまり保育園への入園を目指して活動をする人もいる。

今の日本の保育園は、「認可保育所」と「認可外保育所」に区分けされている。保育園は、公立保育園でも私立保育園でも、国の基準をクリアしていて都道府県などに認可されると、「認可保育所」のグループに入れる。基準というのは、園児の数に対する保育士さんの数の割合だとか、園庭の広さだとかだ。

「認可保育所」の保育園への入園を希望する場合は、各自治体が管理しているので、自分が住んでいる場所の自治体へ申し込む。自治体は、親の就労状況や経済状況などから、「その子が保育を必要とする度合い」を判断して点数を付け、点数の高い子どもから順番に保育園に入園させていく。

「認可外保育所」の保育園への入園は、住んでいる場所に関係なく行える。各保育園に直接申し込む。「認可外保育所」でも良い保育園はたくさんある。しかし、中には危険なところもあるので、見学などをして確認することは大事だ。

（「認可保育所」の保育園への入園を希望する場合、すでに「『認可外保育所』に預けている」という実績があると、必要性が高いと判断されて「保育を必要とする度合い」の指数に加点されるため、早い段階でまず「認可外保育所」に預ける、ということをする人もいる）。

ところで、早生まれは「保活」に不利と言われる。保育園は〇歳《ゼロ》の四月が一番入《はい》り易《やす》い。日本では四月に年度が切り替わるので、そこでクラスの定員が発表される。途中の月での入園は、引っ越しなどで誰かが退園して定員に空きができた場合にできる。一歳の四月にも、少し枠《わく》が広がるが、大抵は〇歳児がそのまま上がるので、ほんの少しの募集になり、しかも、育休明けから子どもを預けたがる親が多いので、希望者が殺到する。そのため、〇歳児から早めに入れようとする人が最近は増えているのだが、預けられるのは「生後五十七日から」などの規定のある保育園がほとんどなので、早生まれの赤ん坊は〇歳の四月に預けられる月齢に達していない場合がある。そのため、〇歳の途中入園か、一歳の四月か、と入園のタイミングを探ることになる。

私のところにいる赤ん坊も早生まれで、〇歳の四月の入園は不可能だった。

それで、一歳の四月に入れたら、とぼんやり考えていた。夫の時短勤務は赤ん坊が一歳になるまでだ。これまで、打ち合わせやインタビューの仕事は夫が帰ってきたあとの夕方に行っていた。執筆は、朝、赤ん坊が起きる前か、夜、夫と交代してカフェで行う。だから、夫が通常勤務になると、私の仕事はかなり厳しくなる。でも、ひと月くらいならなんとか乗り越えられるだろう。四月から保育園に入れるなら、きっとやれる。

妊娠中に、私は役所に相談に行き、夫は二つの保育園の見学に行き、二人で「保活」に関する本を読み、少しだけ活動を始めていた。

でも、いざ生まれてみると、とにかく赤ん坊が可愛くて離れ難く、また、夫が想像以上に育児をするので産前に思っていたよりも仕事ができ、それから、うつぶせ寝による〇歳児の死亡事故などの保育園に関するニュースが連日報道されるのでまだ頼りなく見える赤ん坊を預けるのは怖いとも思ってしまい、「保活」を滞《とどこお》らせてしまった。

だが、編集者さんとの会話をきっかけに焦り、「保活」にエンジンをかけた。保育園見学を一日に二ヵ所回るペースで行い、インターネットで雑多な情報を漁《あさ》り、「認可保育所」の申込書、「認可外保育所」の申込書、様々な書類を記入した。市役所に書類を提出し、しばらくして、各園の倍率が発表されると、倍率の低い園に志望を変更しに再び市役所へ行った。「認可保育所」は第五希望まで記入できた。また、「認可外保育所」も四つの保育園に申し込みをした。インターネットでいろいろな人の意見を読んでいると、これだけ申し込みをしてもひとつも入れない、という結果が出る可能性も高いみたいだ。

そういうことをしている途中で、「保活というのは、『○○活』の中で、一番くだらないな」と私は思ってしまった。

「妊活」は、赤ん坊を授かるために健康的な生活をしたり、パートナーとの関係を改めたり、妊娠するとはどういうことか、子どもを持つとはどういうことか、と考え事をしたりする。「終活」は、死を見つめ、周囲の人に配慮し、自分の考えをまとめる。「活」は付かないが、高校受験、大学受験などは、勉強をこなし、頭の働きを柔軟にして、知識を増やす。

でも、「保活」って、自分の大変さをアピールするだけじゃん。「保育園を増やす活動」「保育士さんを働き易くする活動」だったら、有意義な気がするが、そうではなくて、「私は、こういう理由で大変なんです」と訴え、他の子を押しのけて自分の子が保育園に入れるようにする活動になりがちで、意義《い》がない。保育園見学をしても、こちらは選べる立場ではない。吟味《ぎんみ》したところで、それが活きる可能性が少ない。でも、万が一そこに入園できた場合に備え、安全な場所であるか、申し込む園はすべて自分の目で確認しておきたい気持ちがある。保育園にお邪魔すると、忙しい保育士さんの手を煩《わずら》わせてひたすら恐縮だ。枠を獲得するために早めに入園するというのも、かえって保育士さんを大変にさせているのだから、本末転倒ではないか、という気もしてしまう。

私はフリーランスなので、四月に入園ができなかった場合に、「退社しなければならない」といったことは起きない。とはいえ、保育園に入らずに仕事を続けるのは難しい。現在も、分刻みで次の行動を考えながら仕事の時間を作り出している。何もしていない時間はできるだけなくし、常に考え事をしている。すでに出版社などと約束しているいくつかの来年の仕事の予定をこのまま子どもと過ごしながらこなすのは厳しい。また、約束というものを考慮しないとしても、フリーランスは、保証が何もないので、長期休暇を取った場合はもちろん無収入になるし、そのあとに復帰したいと考えたところで、こちらの都合の良いように仕事の依頼はもらえない。おそらく、世間から忘れられてしまって、以前の状態に持っていくのには苦労するだろう。

ただ、やっぱり、私よりも困っている人はたくさんいるのだろうな、と思う。

四月に保育園に入れなかったら今の会社を辞《や》めなければならない、と切羽詰《せっぱつ》まっている人。

保育園に入れなかったら育児ノイローゼになってしまいそうだ、と精神的にいっぱいいっぱいな人。

お金がなくて生活にかなり苦労している人。

そういう人に保育園に入ってもらった方が良いわけだから、必要以上に大変さをアピールしない方がいいな、と省《かえり》みるようになった。

そうすると、保育園の入園自体を遠慮するという考え方もあると気づく。

もっと保育の必要性のある子に保育園に入って欲しい。

しかし、役所や警察などで、フリーランスが軽く扱われすぎだな、ということを常々感じていて、思うところもある。まるで、会社員だけが社会人で、その他の仕事は趣味や遊び、主婦の余技のように思われている気がする。「いやいや、たぶん、私は多くの会社員の方よりたくさん税金を払っていますよ」と言いたくなる。フリーランスでもしっかり仕事をしているのだから、会社員と同等だと胸を張った方がいいのではないか。

「家でできる仕事だから、子どもを見ながらやれていいね」と友人に言われて、胸がざわざわしたことがある。

また、「最近、会社を辞めて、再就職するまで暇だから、遊ぼう」と私を誘う友人に対し、心の中で、「え？　私は仕事をしているんだけど、それは気にならない？」と不満を覚えたこともあった。小説家というのは、「ときどき趣味のように文章を書いているだけ」と人からは見えるのかもしれない。

自分でちゃんと説明しなかったのが悪い。「会社には行っていないけど、毎日仕事しているんだ」と言えば良かった。職業の多様性をまず自分から肯定して、「仕事している」と堂々と言いたい。

それで、やっぱり遠慮もしないことにした。

私みたいにフリーランスの人だけでなく、非正規雇用など、「正社員」ではないが懸命に働いているという人も、胸を張って欲しい。みんな、思っていることを言えばいい。

より困っている人に保育園に入ってもらいたいが、自分の希望も淡々と伝えていく。先方から「保育を必要としていない」と言われるのは仕方ないが、自分からは「必要としている」ときちんと言いたい。大げさなアピールはしたくない、という気持ちになったが、思っていることは言いたいし、やりたいことを実行できるように努力はしたい。

その結果、保育園に入れなかったら、そのときはそれなりの人生や暮らし方に変更するしかない。保育園のない時代もあったわけだし、「お上に守ってもらって当たり前」「何も言わなくても国が配慮してくれる」という感覚は持ちたくない。

26 汚して、洗って

まだ赤ん坊は立てないし歩けない。だが、つかまり立ちと伝い歩きはできるようになったので、靴《くつ》を買った。

近所の公園で遊ばせると、石の馬につかまってにこにこする。そして、石の馬の背を舐《な》める。舐めていいのかなあ、体に毒なんじゃないかなあ。

「駄目だよ」

抱えて離すと、

「まんま、まんま、まんま」

と平気な顔をしている。こんなものを舐めていいのか。まあ、「舐めた方がいい」ということは決してないだろう。

いくら注意しても、外に出たら何かしらは口に入ってしまうものだ。すでに手袋も服も靴も土だらけになっている。赤ん坊は白が似合うので、白いダウンジャケットを着ている（ベビー服は性別イメージを変に表現した服が多くてつらい。シンプルな白い服を私は選ぶことが多い）。白は汚れが目立つ。赤ん坊は「汚れた」なんてまったく思わないから、そのままどんどん土の上を這《は》っていく。汚れた手袋を舐めそうな勢いで手を動かす。手袋を外し、服を払うが、そんなに簡単に汚れは落ちない。でも、家の中外は汚い。汚れないようにしたかったら、家の中で過ごすしかない。でも、家の中だけで過ごしていたら、刺激がない。無菌状態《むきんじようたい》のまま老人になる人はいない。出かけるしかない。

赤ん坊を見ていると、生きるというのは汚れることなのだなあ、としみじみ感じる。生まれてからすぐにうんちをする。目やにも出るし、爪《つめ》も伸びる。自身の分泌物《ぶんぴつぶつ》で汚れるだけでなく、外部からも汚れていく。人が会いに来て、赤ん坊に触る。

「うがいして」「手を洗ってよ」と、入院中に会いに来た夫や母にしつこく主張した。新生児の頃は、家に遊びに来てくれた人が手を洗うかどうかも気にしていた。

しかし、数ヵ月すると気にならなくなった。買ったばかりの傘の持ち手がきれいにビニールで包まれている状態のときは丁寧《ていねい》に扱っても、少しでもビニールがめくれてくるとどうでも良くなって全部剝《は》いでしまうみたいに、赤ん坊も生後一ヵ月で乳児湿疹《にゅうじしっしん》が顔や体に出て翌月には治って、肌が新品の状態ではなくなった感じがしたら、どうでも良くなってくる。それから、消毒した哺乳瓶《ほにゅうびん》ばかりを口にあてがっているときはぴりぴりしていても、そのうち赤ん坊は勝手にオモチャを舐めたり家具を嚙《か》んだりし始めるので、(最初は、「駄目だよ」と取り上げていたが、やっていられなくなって、なんでも舐めさせるようになった。そうすると、哺乳瓶だけ消毒しているのはおかしいので、それも止《や》めた)、細かいことが気にならなくなってくる。むしろ、汚れた方が可愛いのではないか、という気さえしてくる。

スーパーに出かけたとき、知らない老婦人が、

「まあ、可愛い。何ヵ月ですか?」

とベビーカーに乗っている赤ん坊の頭を撫《な》でてくれるのが、むしろ嬉《うれ》しくなる。いろいろな物に触り、様々な人と触れ合って、大きくなっていくといい。

赤ん坊の世話は、洗濯をして、口の周《まわ》りを拭《ふ》いて、歯を磨《みが》いて、食べこぼした床を拭いて、哺乳瓶や食器を洗って、風呂に入れて、といった「汚れの除去」の作業が大半を占める。こんなに汚れるということは、育つには汚れることが必要なのだろう。そして、汚れたまま、というのも良くないのかもしれない。

文学を勉強していると、「無垢《むく》」「イノセンス」という言葉に度々会う。「トルーマン・カポーティは無垢な人々を描いている」といった感じで。

学生の頃は、「無垢とは、どういう状態なのだろう?」と首を傾《かし》げた。汚れがない、ということなのだろうが、汚れというのがなんのことかがそもそもわからない。恋愛だとかセックスだとかは汚れではないのだろうな、カポーティの登場人物はやりまくりだから。では、常識だとかルールだとかが汚れなのだろうか。そうかもしれない。世間に迎合せず、独自の考えでまっすぐに生きる人々をカポーティは描いている。多くの人が、こういうまっすぐな人のことを大好きだ。他人の顔色を読まず、自分自身の考え方のみで人間関係を築く純粋な人に、みんなが憧れる。だったら、なぜ、みんな、常識やルールを身につけようとするのか。憧れの人物になることより、汚い人間になって生き抜くことの方が大事なのか。世間というのは、汚れないと生《い》き難《にく》い場所なのか。

早くから保育園に通わせることが不安な理由のひとつに、変な常識を植えつけられるのではないかという危惧《きぐ》もあった。

私の妹は三歳までゴレンジャーなどの男の子向けのキャラクターが好きで、色は原色を好み、青いTシャツに緑の短パンといった格好をしていたが、幼稚園に通い始めたら、あっという間にそういう趣味をすべて捨てて、サンリオの可愛いキャラクターが好きになり、ほんわかした色の服を好むようになった。大人になった妹は、髪はシヨートカットで、ボーイッシュなファッションを好んでいるので、それがずっと続くわけでもないのだろうが、やっぱり集団生活は恐ろしい。

女の子は女の子らしく、男の子は男の子らしく、変化させられる。

「男の子は、恐竜や電車が好きなんだよ」

「女の子なのに、そんな言葉遣いしたら恥ずかしいよ」

「男の子なのに、スカートを穿《は》いたら笑われるよ」

「女の子は、いつか結婚するんだよ」

「男の子は、女の子を好きになるんだよ」

「女の子は、お菓子屋さんやお花屋さんやアイドルに憧れるんだよ」

こういったくだらないことを周囲の子どもや保育士さんたちからどんどん教え込まれそうで怖い。これらは、どう考えても、汚れだ。

ばかばかしい性別イメージに赤ん坊を染《そ》めないためには、集団生活をさせずに家で養育することが一番だろう。家の中で、私の選んだ、性別イメージがあまりない服を着て、私が選んだ本を読んで、私の話を聞かせていれば、ばかばかしい性別イメージから逃《のが》れられる。

でも、私が赤ん坊のすべてをコントロールすることが、本当に赤ん坊の幸せに繫《つな》がるのか。世間にはそういうイメージがあると教えないことで、赤ん坊の純粋さを保てるのだろうか。

やっぱり、汚れてもいいかもしれない。「男は○○」「女は○○」と言われてもいい、と覚悟してしまったらどうだろう。そして、ばかな文言で汚された子どもを、石鹸《せっけん》で洗い流してあげたらいい。子どもが家に帰ってきたら、「そう思っている人もいるけど、そう思わなくてもいいんだ」「どんな言葉遣いをしたって自由なんだ」「男の子もスカートを穿いていいんだよ」「結婚しない人もいるよ」「誰が何に憧れるか、他の人にはわからない」と何度も言ったらどうだろうか。

逆に、私が赤ん坊を汚していることもあるだろう。それは、保育園やその他、家ではない場所で洗い流してもらえるかもしれない。

読まない方がいい本なんて一冊もない、と聞いたことがある。

また、差別をしない子どもにするために差別の問題を教えるなという意見もあるが、教えない方がいい差別問題などない、と私は思う。

知らないでいた方がいいことなどない。汚れたら洗えばいい。

仏教には死体を見て修行する不浄観《ふじょうかん》というものがあるが、自分も他人も汚いということをわきまえておいた方が、むしろ希望を持って生きていけるのではないか。世の中の、汚い考え方、他人を傷つける仕組み、目を覆《おお》いたくなる出来事を知って、そのあと頭を洗濯するように考えをまとめていったら、何も知らなかったときよりも純粋になれるかもしれない。

先日、クリスマスだったので、小さな丸いケーキを買った。赤ん坊はまだケーキを食べられないが、見せるだけと思ってケーキをテーブルの端っこに持っていって、ソファにつかまり立ちをしている赤ん坊に見せたら、さっと手をのばして潰《つぶ》し、手をクリームだらけにした。赤ん坊は手が汚れたともなんとも思っていないみたいで、にこにこしている。

最近はウエットティッシュを部屋のあちらこちらに置いているので、それで拭く。まだべとべとしているので、洗面所に行って水で洗い流す。おそらく、赤ん坊は「洗っている」とは思っていなくて、「水で遊べた」と感じたのではないか。汚れたとも洗おうとも思わないのは幸せだな。でも、だんだんと、汚れや洗濯に意識的になっていくだろう。

これからも、汚して、洗って、汚して、洗って、と繰り返していってもらいたい。

27 十ヵ月の赤ん坊

赤ん坊と遊ぶというのをどうやっていいのかわからないので、私はしょっちゅう絵本を読んでいる。

たぶん赤ん坊は、話を理解していない。絵も怪《あや》しい。うちは動物を飼っていないので、犬や猫もわからないだろう（なぜだかわからないが、絵本というものには、犬や猫、あと、兎《うさぎ》と象と熊が大量に登場する）。動物園に連れていったことはあるのだが、動物をどう認識しているのか。ただ、きっと、顔はわかっている。人間でも動物でも絵でも、目や鼻の形をじっと見つめるので、顔が好きなのだと思う。絵本の表紙を見せるだけで、にこっと笑うときがある。本を読める喜びを噛《か》み締《し》めているのだと捉《とら》えていたが、絵の中の顔と目を合わせているのかもしれない。

とにかく、赤ん坊は絵本を喜ぶ。赤ん坊を抱えて絵本を読んでいたら、手をのばしてくるので、めくり易《やす》いように一枚だけ爪《つめ》で軽く浮かせてみた。すると、ぱっとめくった。まずボール紙でできた分厚い絵本をめくれるようになり、それから薄い紙もめくれるようになった。私自身、本というものに随分と助けられてきたので、ほっとした。ページがめくれるなら、大丈夫だ。生きていける。現実でつらいことが起きても、別の世界が持てるのだ。私だって、子どもの頃、本を読むのが好きでも、話なんて理解していなかった。わからないページは飛ばして、適当に読み進めていた。今だって、完璧に読解できているかどうか自信がない。でも、国語のテストではなくて、趣味で読んでいるときには、どう読んだって構わないのだ。読解能力の高い人になるより、わからないままでページをめくれる人になった方が、断然生き易い。「本好きな子に育てるにはどうしたらいいのか？」という問題をよく目にするが、わからないままに読み進める勇気を持つのが重要だと私は思う。なんとなく面白い、で十分だ。

最近は、床に本を置いておくと、ひとりでぱらぱらとめくって遊んでいる。少し前まで、紙を見たら破ることしか考えていない感じだったが、本の醍醐《だいご》味《み》がそこにはないことがわかってきたみたいだ。それでも、赤ん坊が触ると、大人が読むのと違って本がぼろぼろになる。それで図書館から借りた本は触れないところへ置いておくことにした。でも、家の本だったら多少ぼろぼろになっても気にしない。紙の本は経年変化が魅力でもあるわけだし。

体の動かし方も変わってきた。つかまり立ちを始めたばかりのときは腰を下ろせずに転倒するのでヘルメットをかぶせたが、三週間ほどでゆっくり腰を下ろせるようになり、必要なくなった(つかまらずに、普通に立てるようになったら、また危なくなるのかもしれないが)。今は重心が安定して、伝い歩きをしている。顔をテーブルの上にちょっとだけ出して左右に動いているのをソファから眺《なが》めていると、ゲームみたいだ。インベーダーゲームのインベーダー、あるいは、モグラ叩《たた》きのモグラのようだ。縁《へり》に沿ってぴょこぴょこ現れるので可愛らしい。

赤ん坊は日々成長している。

ただ、「十ヵ月くらいになると、人真似《ひとまね》をするようになる」「バイバイと手を振る」「パチパチと拍手《はくしゅ》する」といったことが育児本に書いてあるが、これらはまったくしない。本には、「赤ん坊によって様々なので、しなくても気にする必要はない」と注意書きも添えてあるので、べつに問題はないのだろうが、やってくれた方が嬉《うれ》しいので、手を振ったり、拍手したり、しつこく赤ん坊の前でやってみた。赤ん坊はどこ吹く風だ。夫は、

「オリジナルなんだなあ。人の真似なんか嫌なんだなあ」

と笑っている。

まあ、確かに、真似したい気持ちがない人に、私の真似をしろ、と言い続けるのは感じが悪いだろうから、あきらめた。

あと、できないのが、水やお茶を飲むことだ。母乳や離乳食で水分は十分に摂《と》れているらしい。でも、飲める子は麦茶や白湯《さゆ》などを飲んでいるみたいなのだ。

七ヵ月くらいから哺乳瓶《ほにゅうびん》は止《や》めて、ストローマグという、プラスティックのカップにストローをセットできる食器で飲料を飲ませ始めた。すると、ジュースやミルクなどの甘い物だったらごくごく飲むようになった。だが、味がしない飲み物を毛嫌いし、水だったら眉《まゆ》をしかめて一切口に含《ふく》まず、麦茶や赤ん坊用番茶だと、飲むふりをして吸ったり戻したりを繰り返し、あるいは、一旦《いったん》飲んだあとに、たらりと吐き出す。そして、泣く。「わあああ。契約したじゃないですか。この先ずっと、乳と蜜の流れる場所に案内するって」という雰囲気を出してくるので、まるで私が意地悪で駄目なものをあげている気分になる。赤ん坊の好物は、バナナ、サツマイモ、カボチャなどの甘い物だ（離乳食は薄味が基本なので砂糖を使うのはあまり良くないらしく、ハチミツは〇《ゼロ》歳児には厳禁なので、果物や野菜のほのかな甘みでも赤ん坊には強く感じられるのだろう）。水やお茶は味がないから嫌なのだ。

水が駄目なら、とリンゴをすりおろしたのを絞《しぼ》って混ぜてみたところ、飲む。それを少しずつ薄くしていこうと企《たくら》んだのだが、ちょっと薄めただけで気がついたらしく、「わあああ」と泣く。インターネットで調べてみたら、「お茶を飲まないからといってジュースをあげていると、お茶をあげたときに『甘いはずなのにおかしい』と余計に飲まなくなるので、ジュースはあげない方が良い」という情報があったので、止めた。

「ルイボスティーの味はうける」という情報もあったので、あげてみたら、ちょっと飲んだ。歯が数本ほど生《は》えてきたので、虫歯に気をつけなければならない。食後に水かお茶を飲ませ、歯ブラシをくわえさせる。お茶は歯を着色するので水が一番いらしいが、それは難し過ぎるので、ルイボスティーで頑張ることにする。

もしも、「保活」が上手《うま》くいって保育園に入れたとしたら、飲み物を上手く飲めるようになっていないと、本人も保育士さんも大変だろう。お茶を、できたら、水を、飲めるようになってもらいたい。

保育園に入れなかった場合はどうなるだろうか。

お茶が飲めるようになろうが、水が飲めるようになろうが、保育園に入れなかったら、家で赤ん坊とずっと過ごすことになるだろう。

最近、仕事が終わらない。自分としては、結構やっている気がしているのに、なぜか終わらない。

年末年始は十二月三十一日と一月一日のみ休暇とし（私の実家に一泊し、一日に夫の実家へ挨拶に行った。子がいなかったときはそんなこと全然しなかったが、どちらの家の人も赤ん坊に会うのをものすごく喜ぶので、そうすることにした)、その他はいつも通りに過ごした（夫もその二日しか休日はなかった）。

私は土日も、一応、仕事を行っている。まあ、昼間は出かけたり友人が来たりするのだが、朝四時に起きてリビングで仕事をし、七時になったらカフェに移動して十時まで仕事をする（平日も朝四時に起きるのだが、最近は私が起きると赤ん坊も目を覚ましてしまい、私のあとを追いかけてくるので、寝かしつけたり授乳したりして仕事にならない。寝かしつけをすると、ついうとうとして二度寝してしまう。夫のいる日曜日は、赤ん坊が起きたら夫が相手をするので、赤ん坊が泣いても放っといて仕事を続けられる）（雑誌担当の夫は、休日である土曜日も品出しだけやっている。土曜日も朝の四時半から十時くらいまではいないのだ。日曜は休配なので、日曜日だけ、ずっと家にいる）。昼間は何かしら遊んでも、夕方は、四時に赤ん坊を風呂に入れ、五時からカフェに出かけて九時まで執筆をする（これは、平日とまったく同じだ。今は、時短勤務の夫が四時に帰ってくるので、速攻で風呂に入れ、そのあと子守りを交代して、私はカフェで仕事をする）。このひと月ほど、夫と夕食をとる日がほとんどない。私はカフェで適当に食べている。それでも、仕事が終わらない。なぜなのか。

赤ん坊がいても自分の時間は変わらないと思っていたが、何かしらが変わったのか。

そういえば、赤ん坊連れで出かけようとすると、計画通りに進まない。たとえば、「十二時に家を出るから、十一時から準備を始めよう」と思って、十一時に準備を始めても、十二時に家を出られない。そうか、赤ん坊がいると準備に時間がかかるのか、と思って、その次は余裕を持って十時から準備を始めても、なぜかまた十二時に家を出られない。

まるで、車体感覚のないままトラックを運転しているみたいだ。小回りの利《き》く小型車を運転していたのを、大型車に乗り換えたのに、車体感覚を改めることができないでいる、そんな感じがする。

でも、「仕事が終わらない」「時間を使いこなせていない」というだけで、つらくはない。保育園に入れなかったら、夫と食事をするのを完全にあきらめ、もっと時間の使い方を工夫すればいいと思う。数年のことだし、できるのではないか。赤ん坊と過ごすのが苦痛なわけではないので、やり方を変えて仕事を続けるしかない。職業を持つ多くの育児者がみんな工夫しているのだから、自分もやるしかない。

それから、仕事を終わらせられなくて焦《あせ》っているのに、同時に、「暇だ」と思う心が存在しているのは不思議だ。

ばたばたしていても、充実していないのかもしれない。

生理というものは、妊娠中は止まり、出産後数ヵ月してからまた始まる。母乳をあげていると再開は遅くなりがちだというが（ホルモンの関係か？）、もう始まってもいいのにおかしいなと思っていたら、つい最近、再開した。それで、「また、子どもを授かれたら嬉しいな」という気持ちが湧《わ》いてきた。生理が再開したことも、二人目が欲しいことも、まだ夫に言っていない。それに、年齢のことがあるので、難しいかもしれない。でも、夢想に耽《ふけ》ってしまう。

どうして子どもが欲しいのか。それは、この本の最初の方にも書いたが、寂しさがあるのだろう。そして、暇なのだと思う。

「寂しい」「暇だ」と子どもを欲しがってはいけないことは本当に承知しているのだが、自分の心を探って、正直なところを露《あら》わにしようとすると、「寂しい」「暇だ」という言葉が出てくる。

もしも、今、仕事がものすごく上手くいっていて、充実感を持って生活していたら、子どもが欲しいと思わないのではないか。

人類が、本当の幸せを追い求めて、行き着くところまで行ったら、もう子孫を残そうとはしなくなるだろう。

「寂しい」「暇だ」という気持ちから、「未来に風穴を開けよう」と思うようになり、子を欲している気がする。

どんなにあくせく働いても、「暇だ」と思う心はなくならない。もうひとり子どもがいたら暇ではなくなるのではないか。充実するのではないか、と、つい思ってしまう。

やるべき仕事があって、見るべき赤ん坊がいるのに、「寂しい」「暇だ」といつも思っている。そして、流産したときのことや、父親が亡くなったときのことを何度も思い出す。おそらく、何人産んでも、私は「寂しい」「暇だ」と思い続けるのだろう。

数年前、自分の仕事に自信があった頃、新しい友人をどんどん作りたいと思っていた。しかし、今は、仲の良い友人と会おう、だとか、新しい友人を作ろう、だとか思わなくなった。仕事に自信がなくなったからなのか、流産したり父親が死んだりしたからなのかわからないが、子どもを産んで静かに暮らしたい、とひたすら思ってしまう。

変な心の動きだが、最近はこんな感じで過ごしている。

28　思い出作らず

「物心がつく前の子どもを旅行へ連れていっても仕方がない」

という意見を聞いたことがあった。

でも、私は出産前に、「赤ん坊が生まれたら、小さいうちから、あちこち連れていこう」と決めていた。「言葉にできるような記憶にならなくても、感覚として脳のどこかに残るのではないか」「いろいろなものを見たら刺激を受けて成長するだろうし、それは旅が体に残るということではないのか」と考えた。あと、「写真を撮っておいたら、赤ん坊が大きくなったときに、『ああ、自分は、小さいときに大事にされていたんだなあ』『いろいろな経験をしたんだなあ』と自己肯定感が強まるかもしれない」とも思った。

つまり、結局のところ、旅というものを、「思い出作り」「成長のきっかけにして、将来に繋《つな》げたいもの」と捉《とら》えていた。「たとえ、頭に残らなくても、どこかしらには残るはずだ」と、記憶する方法をしつこく考えていたのだ。

でも、いざ赤ん坊との日々が始まると、あまりに今の存在感がありすぎて、将来のことなんてどうでも良くなってきた。なんにも残らなくていい。未来のために今があるわけではない。成長なんてどうでもいい。成長するときはするし、しないときはしないさ。今、こんなに可愛い。現在、楽しく過ごしている。それだけで十分じゃないか。

悲しいことだが、「小さいうちに亡くなってしまう」ということが人間には起こる。日本には「七つまでは神のうち」という古い言葉があって、これにはいろいろな意味が含《ふく》まれているらしいのだが、小さい子は不安定だ、ということの表現でもあるだろう。

母子健康手帳を渡されたときに、「SIDS（乳幼児突然死症候群）電話相談　子供を亡くされたご家族のために」という、相談機関の電話番号が書かれたカードが添えられていて、ああ、そういう子もたくさんいるのだろう、と思った。元気だった赤ん坊が、なんの前触れもなく、ふっと命を落とす。もしかしたら、自分がこのカードを見返して、泣きながら電話をかけて相談する日も来るかもしれない。

妊娠中に「お腹の子は先天的な病気を持っているので、妊娠を継続して誕生まで行きついたとしても、長くは生きられません」と医者から診断されたとき、それでも産んで僅《わず》かな時間を共に過ごしたいと思う人は多いらしい。数年、または数ヵ月、あるいは数日の、かけがえのない短い時間を過ごしたあとに、「生まれてくれてありがとう」と思うもののようだ。

赤ん坊が亡くなってしまう、ということを想像していると、「赤ん坊時代というのは、子ども時代や大人時代の前段階ではない」「赤ん坊時代は、それだけで独立していても、輝いている」と感じられてくる。

いや、もちろん、生まれたからには長く生きたいに決まっているし、命が短いことは本人にも周囲の人にもとてつもない悲しみをもたらすに違いない。

でも、短くても時間だ。長い時間だけが時間ではない。

先に繋がらなくてもいいのではないか。

脳どころか、感覚にも体にもどこにも残らなくて構わない。成長しなくていい。旅に行くのも、「旅の中の時間が楽しいから」という理由だけで十分だ。

赤ん坊が生まれる事になって、私と夫は家電量販店へ行き、いいカメラを購入した。私たちみたいに、ビデオカメラやDVDデッキなどの記録媒体を用意して育児に臨《のぞ》む人は多いだろう。あっという間に大きくなってしまうから何も残さないのはもったいない、と考える。記録しておき、あとで見返そう。思い出にして、この先もずっと今の瞬間を大事にしていこう。

私も最初はそう思った。

「初めて笑った」「初めて寝返りした」とカメラを構えた。せっかく赤ん坊が私の顔を見つめているのに、カメラやスマートフォンで自分の顔を隠して、パシャパシャやる。赤ん坊からすると、なぜ笑い合っているときに急に顔を隠すのか、不思議だっただろう。

横で赤ん坊が遊んでいるのに、私はスマートフォンをいじって、赤ん坊の写真をずっと見ていたこともあった。上手《うま》く撮れた写真を指でぽんぽんスライドさせながら眺《なが》めていると、あっという間に時間が過ぎる。赤ん坊に画像を見せると、自分だとわかるのか、にこっと笑う。そうして、私はまた生の赤ん坊から目を逸《そ》らし、画像を見続けた。

しかし、だんだんと、「おかしいな」と気がついてくる。写真家でもないのに、写真のことばっかり考えてどうするんだ。画像の赤ん坊より、生の赤ん坊の方がよっぽど面白い。写真を眺めている時間が、写真を撮っているときよりも楽しくなるわけがないのに、「写真を眺めるとき」を予想しながら目の前のことに集中せずにいい時間を消費するのはもったいない。

なぜ写真を撮りたいのかと考えるに、今の赤ん坊を今だけで楽しむという覚悟が足りないのではないか。今の私だけでなく、未来の私や、写真を一緒に見てくれる家族や友人たちと共有しないと、きちんと赤ん坊を認識できない、と日和《ひよ》っているのではないか。今の私が、たったひとりで、赤ん坊と向き合う覚悟を持つならば、写真は必要なくなるはずだ。

赤ん坊の方はどうだろうか？　今だけを生きているのか。

三ヵ月くらいまで、赤ん坊は私のことを全然知らなかったので、毎朝、「初めまして」という感じだった。赤ん坊は「何かが側《そば》にいるなあ」と私を見ていただけだった。毎日同じ人が世話をしているとは認識していなかったと思う。赤ん坊自身のことも、「自分」という感覚はなかったのではないか。

五ヵ月くらいになると私の顔を覚えたようだったが、昨日の私の行動と今日の私の行動を繋げて捉えて、ああ、この人はこういう性格なのか、と思うことはなかっただろう。

十一ヵ月になって赤ん坊はカーテンが好きになった。カーテンの陰に隠れて、窓につかまり立ちをして（最近は、窓や壁などの平坦なものでも手をついて立つようになった）、おでこをガラスにくっ付け、いつまでも外を眺めている。カーテンの中でひとりきりになっても平気みたいだ。

先月までは、起きているときは常に私がどこにいるかを気にして、目で追いかけてきた。私が仕事を始めるとテーブルかソファにつかまってじっと私の顔を見ていた。料理をしにキッチンへ行くと、仕切りの前で私が戻ってくるのをずっと待っている。私が濡《ぬ》れた洗濯物を抱えて庭へ向かうと、赤ん坊は別の部屋から追いかけてくる。私が掃《は》き出《だ》し窓《まど》から出て窓を閉めようとすると、指を挟《はさ》みそうな勢いで手をのばして一緒に出ようとするので、

「駄目だよ」

と抱き上げて、中へ戻す。すると、窓に手をついて、私が洗濯物を干《ほ》しているのを飽《あ》きずに見ている。手を振ると、振り返すことはまだできないのだが、にこにこする。

後追いの時期が終わったわけではなくて、目が合ったら寄って来るし、ぼんやりと遊んでいるときに私が現れるとすぐに私の足に登ろうとしてくるのだが、カーテンにくるまって外を見ているときは、私がどこにいるかを気にしていない。オモチャに夢中になったり、一心不乱にティッシュを引っ張り出したりしているときも、私を追いかけてこない。

それから、少し前まで、赤ん坊は目が覚めると、覚醒した瞬間から、「うわあああん」と泣いていた。「ここはどこ。私は誰」という感じだった。私が隣りの部屋で仕事をしている場合は、漏《も》れる灯《あか》りや小さな物音を感じるのか、大声で泣きながら布団《ふとん》から這《は》い出《で》て、閉まっている引き戸の前で、まるで知らない場所に閉じ込められた猫

みたいに「出せ、ここから出せ、開けろ」とかりかり音を立てた。

でも、最近は、泣かずに起きるときがある。昨日の夜は、静かに自分で引き戸を開けて隣室に来て、平常の顔でソファで仕事をしている私の膝《ひざ》によじ登ってきた。

もしかしたら、過去ができ始めたのかもしれない。私が離れても、「大丈夫だ。あの人は、しばらくすると戻ってくる」という記憶ができたから、不安がらなくなったのではないか。目が覚めたときには、「そうだ。寝る前は、自分だった」と思い出すのではないか。

過去や未来という感覚は、自分や相手の存在を信じることに繋がるのだろう。人間としては大事なことだ。赤ん坊も、だんだんと過去や未来に思いを馳《は》せるようになっていく。

でも、やっぱり、今が一番大事だ。

過去を忘れて今を生きようとか、思い出は一切いらないとか、そこまでは考えていない。あるいは、刹那的《せつなてき》に生きようとか、未来を捨てて努力を止《や》めようとか、そんなことももちろん思っていない。

ただ、基本的に、過去も未来も今を輝かせるためにある。逆ではないのだ。過去の写真を見て自己肯定感を持てたら、今の時間がより輝いて見える。未来が明るいと感じられたら、今の時間がより楽しくなる。そういう理由で過去や未来は存在しているのだから、過去のために今をないがしろにしたり、未来のために今を消費するのは、本末転倒だ。

とはいえ、今も私は何かが起こると赤ん坊の写真を撮る。完璧に今に集中するのは難しい。

それでも、私には今をときめく人気作家の友人が何人もいて、うちに遊びにきて赤ん坊を抱っこしてくれたとき、「わあ、これはすごい。写真を撮りたい」と思いながら、我慢した。写真を撮るために抱っこしてくれたんじゃないんだ、今を楽しく過ごすために赤ん坊に触ってくれているんだ、と考えた。

思い出を作る努力などしなくても、今は楽しめる。

子どもといると、時間というものに意識的になることができて面白い。未来はそんなに重要ではない、今に希望を持たせるための概念だ、と思い始めてから、より未来を良いものだと感じられるようになった気もする。

29 十一ヵ月の赤ん坊

髪の毛が薄いので頭は赤ん坊っぽいフォルムだが、表情や体つきが幼児っぽくなってきた。赤ん坊の時期が終わるのも目前だ。少し寂しい。

成長したな、と感じることのひとつに、私がうつぶせに寝ていると、赤ん坊が顔を低くして床に頬《ほお》をつけながら、私の顔を覗《のぞ》き込《こ》むことがある。それで私と目が合うと、ケラケラ笑う。

あるいは、私が床の上に座って俯《うつむ》いていると、赤ん坊がやって来て、私の顔の下に入り込んで見上げる。そして、ケラケラ笑う。

奇妙な仕草なので、毎回可笑《おか》しくてたまらない。大人はこういった仕草は全然やらないし、少し前までの赤ん坊も絶対にしないことだった。今しかやらないことなんじゃないかな、と思う。

想像するに、最近になって「いない、いない、ばあ」を喜ぶようになったのと、同様のことなのではないか。おそらく赤ん坊は、「顔が見えないけど、本当は顔があるのを知っているよ。だって、さっきまでは顔があったのを見ていて、その顔を覚えているもん。覗いてみるね。ほら、顔があった」と思っている。記憶ができるようになったのが嬉《うれ》しくて、これを繰り返すのだろう。頭の中にある顔と、覗き込んだときに見える顔が同じことが、面白くてたまらないのに違いない。

赤ん坊はぶすだろうがなんだろうが、私の顔立ちが好きでたまらないのだ。ああ、顔って、べつに美人じゃなくても、喜ばれるものなんだなあ。

インターフォンが鳴って私が玄関に向かう。赤ん坊はリビングと廊下を仕切る柵《さく》につかまってずっと私を見ている。

宅配便だったので、ハンコを押して荷物を受け取ると、宅配員さんが、後ろの方に視線を遣《や》って、

「あ、もう、立つ」

と言った。振り返ると、赤ん坊が柵につかまってまっすぐな目でこちらを見ている。

宅配員さんの声のトーンを聞いて、うちに赤ん坊が生まれたことを、これまでも知っていたのだな、と気がついた。ここ数ヵ月で、急にインターネット通販が増えたことから、そう推察されていたのではないかな、と想像する。買い物をしまくっているのと、仕事関係の書類や書籍などの遣り取りが多いのとで、各社の宅配員さんがうちに

しょっちゅう訪れる。私も、各社の宅配員さんの顔を覚えているので、宅配員の方たちも、なんとなく私のことを記憶しているのではないだろうか。外出が少なくなっている私は、「宅配員さんとの接触だけが社会だ」と感じるときがある。だから、「あ、もう、立つ」と言ってもらえたときは、随分と嬉しかった。

もうじき、本当に立つんじゃないかなあ、と思う。赤ん坊は、片手で軽く壁を押さえているだけで、普通に立っているような姿のときもある。でも、「立ちそうになってからが長い」と、先日、子育て経験者から聞いた。

意味のある言葉はまだ出ないが、言葉みたいな発音でずっと喋《しゃべ》っている。「てってってって」「まんま、まんま、まんま」「だっだっだ」「たし、たし、たし」「うー」といった喃語《なんご》をよく言う。人っぽい発音になってきたので、動物ではなく、人間の赤ん坊だったのだなあ、と感じ入る。

「まんま」というのは食事を指す幼児語だ。それで、幼児語が嫌いな私も、発音が易《やさ》しいこの言葉を使うことにした。離乳食をテーブルに用意して、

「まんまだよ」

と離れた場所で遊んでいる赤ん坊に声をかけると、赤ん坊は顔を上げる。そして、

伝い歩きかハイハイでこちらに寄ってくる。ただ、私がどんな言葉を発しようが、いつも私がいる方に赤ん坊は来るので、「まんま」を理解しているとは考え難《かんがにく》い。また、本人が、「まんま、まんま、まんま」と言うのは、べつに食事時に限らない。

離乳食は大分進み、大人の食事に近い雰囲気だ。

ごはんは、粥《かゆ》ではなく軟飯《なんはん》になった。

それから、「手づかみ食べ」ということを始め、挽肉《ひきにく》に豆腐を加えて作った柔らかくて小さなハンバーグを皿に載せて出すと、手で握《にぎ》って口へ持っていく。ただ、力の加減が難しいみたいで、握《にぎ》り潰《つぶ》してぼろぼろにしてしまう。パンや小さなおにぎりも手で持てるが、やはり潰す。

スープをすする、ということも少しずつでき始めた。

赤ん坊は食事を楽しいものだと認識したみたいだ。少し前までは泣きながら食べていたのに、今はおいしそうにしている。

ルイボスティーも大分飲めるようになった。

でも、母乳も一日に五回ほど、相変わらず飲んでいる。今は栄養のほとんどを食事から摂《と》っていて、母乳は精神安定剤程度の役割に下がっているらしい。

今後、断乳（今日で授乳を止《や》める、と親が決めること）するか、卒乳（子どもの方から自然と欲しなくなるのを待つこと。今は、世界的に卒乳の方が勧められているみたいだ。五歳くらいまで飲む子もいるらしい）するか、悩みどころだ。二人目を考える場合は断乳をしようかな、と思う（妊娠中の授乳は良くない、という説がある。よくわからないが、ホルモンがどうのこうのして妊娠の継続が難しくなる、と言う人もいる）。ただ、授乳をすると眠ってくれるので、夜や昼寝前についつい授乳をしてしまっている。止めるのは大変そうだ。

それから、カーテンの中に長時間いる。自由な時間があるとひとりで窓際へ行き、カーテンを揺《ゆ》らして遊んだあと、中に入ってしまう。そして、窓を触ってつかまり立ちしたり、外の景色を飽《あ》きずに眺《なが》めたりしている。

たとえば、庭に置いているプランターに、赤ん坊の誕生記念樹が植えてある。赤ん坊が生まれた季節に花が咲く木がいいと河津桜を選んだ。それが初めて花を咲かせた。赤ん坊はそれをじっと見つめる（借家なので地面に直接植えられず、いつか一戸建てに引っ越したときに地面に移そうと夢を持っていたのだが、もう一戸建てには住まないかもしれないので、すでにぎゅうぎゅうになっているプランターをどうしたものか、と私は悩んでいる）。

あと、赤ん坊は鏡が好きだ。リビングルームに姿見がある。そこでつかまり立ちをしたり、自分の顔とずっと向き合ったりしている。自分だけの世界を持ち始めたのだろう。私と一緒にいるのも好きなのだろうが、ひとりで過ごす楽しさも発見したみたいだ。

窓の外をよく見ているので、外に出たいのかもしれないと考え、散歩に出かけたり、公園で遊ばせたりするようにもなった。

数ヵ月前に、うちの近くの公園をベビーカーで散歩していたら、公園の隣りにとても大きな建物が建っているのに気がついた。図書館が移転してくるらしく、もうじきオープンという張り紙がある。それで、楽しみに待っていた。

とうとう開館の日が訪れた。テープカットなんてニュースでしか見たことがない。子連れでもいいだろうか、と逡巡《しゅんじゅん》したが、絵本の豊富な図書館らしいので子連れがルール違反とは考えられなかった。抱《だ》っこ紐《ひも》で出かけた。子どもや赤ん坊も結構来ていた。混んでいたため、邪魔にならないように一番後ろに立っていたら、中年男性の頭が二つ出てきたのが見えた。中年男性二人がそれぞれ開館に際しての挨拶《あいさつ》をしたが、どちらも話がつまらなかった。どうして公の場の挨拶ってつまらないのだろう。もっと素直に思っている通りのことを喋ったらいいのに。「本が好きなので、図書館ができて嬉しいです」だけでも、よっぽど面白い。この人たちも、子どもの頃は話が面白かったのだろうに、だんだんとつまらないことしか言えなくなったのだろうなあ、と思いながら聞いていた。うちのところにいる赤ん坊も、公の場に何度も出たら、つまらなくなっていってしまうのだろうか。

テープカットの段になった。小学生も参加するらしく、名前が呼ばれた。しかし、私の位置からは、ゆるキャラの耳と中年男性二人の頭だけ見えて、テープや子どもは見えなかった。拍手《はくしゅ》が起こり、人々は順番に入館を始めた。

オープニングセレモニーは期待していたほどではなかったが、館内はすごかった。雑誌や絵本がずらりとある。わくわくしながら見ていった。日本の現代小説の棚《たな》もあった。あ行の著者名から棚揃えを見ていったら、自分の書いた本があってもおかしくない並びだと私には感じられたので、

「私の本、あるかなあ」

と夫に言いながら、や行の棚まで見ていった。すると、一冊もなかった。夫は気まずそうにしていた。これまで、他の図書館では自分の書いた本を見かけていて、中には私の名前の見出しを棚に設置してくれている素晴らしいところもあったのに、時代の流れだろうか。もう私の本が置かれる時代ではなくなってきているのかもしれない。書店でも、私の本を置いてくれているところはどんどん減ってきている。悔《くや》しい。久

しぶりに、悔しいという感情を味わった。ここの司書さんがびっくりするくらい、いい本をこれから出してやる。絶対に、いつかここに私が書いた本を置いてもらう、と決めた。

これまで『母ではなくて、親になる』を読んでくださってきた方は薄々気がついているだろうが、私は育児の悩みよりも仕事の悩みの方が断然多い。今、私の頭の上に載っている大きなものは、仕事だと思う。赤ん坊は、最近は泣くことが減っていつもにこにこしているから、あまり悩みの対象にならないし、むしろ私の気持ちを軽くしてくれる。私はほとんどの時間を仕事に悩みながら過ごしていて、仕事がとても大事だ。

私はこういう人間なのだ。こういう人間として赤ん坊と対峙《たいじ》していくしかない。図書館を出てから、一週間くらいは「棚に私の著書がなかった」としつこく思い続けていた。

30 一歳の子ども

赤ん坊が一歳になる間際に、流産した子の「命日」がある。

毎年、「命日」の近辺に、流産した子を供養《くよう》してもらった神社へお参りに行こうと思っている（別に、流産したからといって、日本人のみんなが供養をするわけではない。たぶん、私は供養や祈禱《きとう》が好きなのだと思う。何かというと祝詞《のりと》をあげてもらう。父の病気のときには病気平癒、妊娠したら安産祈願。ちょっと祝詞をあげてもらうだけなのに値段がばか高いので、神主に騙《だま》されている、くだらない、と思うのだが、気持ちがすっきりするものだから、ついやってしまう。神道を信仰しているわけではない自分が、なぜすっきりするのか。宗教にこういう軽いノリで関わっていいのかどうか、よくわからない。深く考えていない）。

いや、本当は「命日」というのもおかしくて、「流産後の処置の手術日」だ。手術した日の他にはっきりとした日付がないので、その日だけ記憶しているのだが、流産の診断が下ったとき、「おそらく、一週間ほど前に成長が止まったと思います」と医者が言って、手術を受けられたのはその診断の一週間後だったので、実際の命日はこの「命日」の二週間ほど前なのかもしれない。

ともあれ、赤ん坊と夫を連れて、神社へ向かった。

途中、コンビニエンスストアに寄って、チョコレート菓子を買う。これまで、いつも同じチョコレート菓子を供《そな》えてきたからだ。初めてその場所で手を合わせたとき、自分たちは手ぶらだったのだが、祠《ほこら》の前にはたくさんのチョコレート菓子が供えてあった。「あ、こういうのを供えるのがいいんだね」「知らなかったね」と夫と言い合い、神社を出てコンビニエンスストアでチョコレート菓子を買って戻り、再度手を合わせて供えた。しかし、よくよく考えたら、赤ん坊はチョコレート菓子なんて食べない。粉ミルクを供えた方が理にかなっている。いや、当時は胎児だったのだから、粉ミルクも飲めない。別に年齢に合わせることはない、と考えるのなら、酒でもいいことになる。よくわからない。

チョコレート菓子というのは、何歳から食べられるのだろうか。私のところにいる赤ん坊は、まだチョコレートなど口にしない。赤ん坊より年上の子どもの生態を私は知らないので推測になるが、三歳くらいだろうか？　流産した子がそのまま生まれて成長したとしたら二歳になると思うので、そう考えたら、来年からはこの菓子を供えることが不自然ではなくなるのか（というか、成長していくと考えるものなのだろうか？　おじいさんが死んだときは、「昨年は百二歳だったから、今年は百三歳だね」

なんて年を取ることを考えない）。

この神社は、赤ん坊のお宮参りや泣《な》き相撲《ずもう》（秋に開かれる行事。四人のお相撲さんが四人の赤ん坊を抱っこする。その前で行司が暴れまわる。最初に泣き出した赤ん坊が「勝ち」とされる。私のところの赤ん坊は最後まで泣かず、完全に負けた）を行ったところでもあるので、本当は、今、赤ん坊の一歳のお祝いをしてもらってもいい。お宮参りのときに住所を書いたせいで（祝詞の中に、簡略化した住所が盛り込まれるため、住所を求められる。たとえば「大野町の山田吉次郎の子の〜」というようなことを変な声で言われる）、神社からはことあるごとに案内のハガキが届く。誕生祭という初めての誕生日を祝う案内もやはり届いた。「商魂たくましいなあ。神社、儲《もう》かっていそうだな」と穿《うが》って、「さすがに今回は止《や》めとこう。きりがない。しょっちゅう祈禱していたら散財の感覚が湧《わ》く。次は七五三でいい」と考えた。しかし、こう考えられるのも、赤ん坊の見た目がしっかりしてきて、これからも生き続けそう、という予感が強くあるからだろう。もし、未だに、いつ死ぬか、いつ死ぬか、という気持ちがあったら、また祈禱をしてしまったかもしれない。

ときどき、流産した子が腹に戻ってくる、亡くなった人が生まれ変わる、といった話を聞く。私も、人から「戻ってきたね」だの「お父さんの生まれ変わり」だのといったことを言われたことがある。でも、赤ん坊はまったく新しい唯一無二《ゆいいつむに》の存在だと私は思う。だから、そういう話は聞き流している。

そういうわけで、流産した子のお参りに赤ん坊を付き合わせるのはどうか、と思わないでもないのだが、今は私と関係の深い赤ん坊だから、私にとっての大事なことには一緒に来てもらう。祠の前で、ベビーカーに座っている赤ん坊の手も軽く合わせさせた。

さて、赤ん坊は、四月からも私と一緒に過ごすことになった。保育園には入れなかった。

「認可保育所」はもちろん、「認可外保育所」も全滅だった。「認可外保育所」は、あのあとも見学を続け、結局のところ計十一ヵ所に申し込みしたのだが、どこからも入園許可の連絡はなかった。

とりあえず、「認可保育所」が気になるので、不承諾通知が届いたあとに市役所へ行き、

「私の点数って、何点だったのでしょうか？」

と参考のために質問してみた（以下、自治体に関しての文章は、すべて「私の自治体の場合は」という話なので、参考にしないでもらいたい。待機児童問題について知

りたい方は、各自治体のホームページなどで調べるか、役所に行くかして、情報を得るのがいいだろう)。

　私が勝手に想像していたのは、フリーランスという就業形態がマイナスになったのでは、ということだった。しかし、

「二百点です。満点ですね」

　という答えだった。

「フリーランスというのは、マイナスになっていないんですか?」

「関係していません。就業時間のみです」

　この自治体が私たちに付けた「保育を必要としている点数」は、私が百点、夫も百点で、計二百点の満点だった。それを聞いて、「九ヵ月の赤ん坊」のページで保活についても触れ、「『正社員』だけが仕事じゃない」と息巻いたことが恥ずかしくなった(ただ、これも「私の自治体の場合は」だ。点数の付け方は自治体によってまちまちで、「勤務場所が自宅」という理由で減点する自治体もやはりあるみたいだ)。

「満点でも入れないというのは、どのような理由になるのでしょうか?」

　質問してみると、

「こちらが、今回、それぞれの保育園に入れた人の最低点数なんですが」

　資料を見せてくれた。一歳児の入園は、二百十点だったり、二百十三点だったり、

とにかく、二百点をかなり上回る点数でないと入れなかったみたいだ。

「ひとり親だったり、すでに『認証保育所』（東京都が認定している『認可外保育所』のことだ）に通わせていたり、といったことでの加点がないと入園できないんですね」

私は頷《うなず》いた。

「あとは、産休育休を取得している方も、点数がプラスされますね」

産休育休を取得している人は十点プラスされる。

そして、「認証保育所」に通わせている人は五点プラスなので、もしも私が少し前から「認証保育所」に通わせていたとしても、二百五点にしかならないので、私の自治体では「認可保育所」には入れなかった（私の知り合いには、少し前から「認証保育所」に入園させて準備して、「認可保育所」の入園許可をもらっているフリーランスの人が何人かいるので、激戦区でなければ有効な方法なのだろうとは思う）。

産休育休で十点プラスされるのだったら、それだけで二百十点になり、最低ラインを超えられる。産休育休はフリーランスにはないので、「なんだ、やっぱり、フリーランスには壁があるじゃないか」と思った。

「時短勤務は加点されないんですよね？」

「されませんね」

「これまで夫が時短勤務で子どもを見ていたんですが、それも終わったので。『認証保育所』もいくつか申し込んだんですが、入れなさそうなんですよね。そういう場合って、他の方はどうしているんですかねえ」

「うーん、一時保育とか。あとは、仕事を辞《や》めたり、引っ越して他の自治体へ行ったり」

私は、自分の仕事を続けるのが難しく感じられて、暗澹《あんたん》たる気持ちになった。夫か自分か、どちらかが働き方を変えなければならないのか、と思った。

「前に、『店長を目指したい』って言ってたけど、店長になれない場合でも、定年まで続けたい気持ちがあるの？」

家で、私は夫に尋《たず》ねてみた。

「そうだなあ……平社員にも誇りを持っているけどね」

夫はうなった。

話し合い、考えていったら、答えが出た。

もともと私は、「誰もが働きながら子育てできる社会が理想」と思っていたのだから、たとえ短期間でも、保育園に入れなかったことを理由に夫の仕事を辞めさせるのは悔《くや》しすぎる。それに、私だって、芥川賞や他の文学賞が受賞できるに越したことはないが、受賞しなくたって仕事を続けること自体に意義があると思っているし、褒《ほ》められようが貶《けな》されようが、仕事は絶対に続けていきたい。夫だって、店長になることができなくて平社員を続けることになっても、褒められようが貶されようが、社会から必要とされていようがいまいが、「これには社会的意義がある」と自分が信じる仕事を、続けたいに決まっている。

いろいろな人に相談してみたら、「一時保育を、何ヵ所かの保育園でかけ持ちする」「たとえ収入より多い保育料がかかっても、一時的なことだから、ベビーシッターを頼んででも、仕事は続けた方がいい」「ファミリーサポートなど、調べると保育園以外の保育もいろいろある」「四月からは無理でも、数ヵ月後にはなんとかなることもある」などの情報が得られたので、もっと模索してみることにした。

そうこうしているときに、私が書いた『美しい距離』が島清恋愛文学賞《しませれんあいぶんがくしょう》を受賞した、という連絡をもらった。

私にとっては初めての文学賞だ。とても嬉しい。賞の贈呈式が金沢で行われるというので、子どもと夫を伴って行く予定にした。

受賞の報《しら》せを聞いた夜、布団《ふとん》に入って眠ろうとしながら、

「僕は何を着ていったらいいんだろう」

と夫がつぶやいた。

え？　それよりも私の服ではないのか。私は写真を撮られるだろうし、もしかしたら地元の新聞などに載せてもらえるかもしれない。そもそも、こういうときは「お祝いに服を買ってあげる」と夫が言うのが一般的ではないのか、といったことが頭を掠《かす》めたが、すぐに、いやいや、と首を振った。私たちの場合は、私の仕事が上手《うま》くいったときに、夫に服を買ってあげる方が合っている。島清恋愛文学賞は、とても素敵な賞で、かなり励《はげ》みになるが、これをきっかけに本が売れるとか、出版シーンで私の作家としての扱われ方が変わって依頼が増えるとかといったことはないだろうから、財布の紐《ひも》は依然として締めておかなくてはいけない。けれども、ここは、自分のワンピースを買うのを我慢して、夫と子どもに服を買ってあげるタイミングなのではないか。そうすれば、夫は私の仕事が上手くいったときは盛り上がるということをわかってくれて、これからもっと作家の仕事を応援してくれるようになるかもしれない、といった姑息《こそく》なことも、寝息を立て始めた夫の横顔を見ながら考えた。

翌日、

「賞の贈呈式に一緒に来てくれるなら、服を買ってあげるね」

と言ってみたら、

「やったー」

夫は素直に喜んだ。

その数日後、ユニクロでベビー服を選んでいたら、ちょっと離れた場所で夫がメンズジャケットを見ていた。あ、着る服がないといっても、べつにブランド物のスーツが欲しかったわけじゃなかったんだな、とわかった。量販店の廉価《れんか》なジャケットで、失礼にならない程度の格好ができれば十分なのだな。考えてみたら、夫はスーツというものを喪服《もふく》しか持っていなかった。

赤ん坊の一歳の誕生日当日には、ホットケーキを食べさせ、タンバリンをプレゼントして、三人で簡素に祝ったのだが、別の日に私の母と夫の母と父を招待してちゃんとした誕生会も開いた。

まず、デパートの中にある、廉価な写真館で記念写真を撮った。

赤ん坊の性格は穏やかで大人しい、と思っていたのに、このときだけは、何が嫌なのか、写真館でずっと泣き続けた。着替え中も大声で泣き、撮影中もぐずる。家ではいつもにこにこしているのに、ちっとも笑顔を見せない。抱っこしようとすると体を弓なりにし、つかまり立ちさせようとするとぐんにゃりしてしゃがみ、座らせるとハイハイして私のところに逃げてきてしまう。

「自分の意志を貫《つらぬ》いて偉いぞう。周りに同調しなくて、すごい」

と夫は褒めていた。

私はぐったり疲れた。気にしなければいいのだろうが、祖父母に対してもまだ人見知りを続けるから悪いし、写真館の人も大変そうだし、周《まわ》りの子どもに泣き声が移ったら気の毒だ。たくさんの子どもが待っていて、流れ作業でどんどん撮っていくので(だから、廉価なサービスなのだな、とわかった)、スムーズに済ませたいのに、上手くいかない。

それでもなんとか、赤ん坊ひとりの写真、赤ん坊と私の母の二人の写真、赤ん坊と夫の母と父の三人の写真、の三パターンを撮影した(私が写真が苦手なこともあって、親はいいや、と、なしにした)。

そのあと、家に移動して、夫の作ったポトフをみんなで食べた。

これまでは来客の際に私が料理を用意していたのだが、夫に日常的に料理をしてもらいたいなら、ハレの舞台をまず譲《ゆず》った方がいいのではないか、という気がしてきたのだった。普段は私が料理をすることの方が多いので、つい、他の人にも「私が料理をしている」というところを見せようとしてしまっていた。でも、冷静になれば私が料理をしているかどうかを他の人にわかってもらう必要などない。夫が料理上手だと周りから思われた方がメリットがあるのではないか。夫は結婚した当初は料理がまったくできなくて、ほうれん草炒《そういた》めだけで一時間かかるような塩梅《あんばい》だった。包丁《ほうちょう》の持ち方、大さじ小さじなどの調理道具の使い方など、本を読んで一から勉強してくれて、数年かけて上達し、今では夫の料理はものすごくおいしい。先日、私の家に、作家の友人の夫婦が遊びにきてくれたときも、夫がシンガポール風チキンライスを作った。これも評判が良かった。今後も、家に誰かが遊びに来てくれるときは、夫に料理してもらおうと思う。

赤ん坊は家では機嫌《きげん》が良くなって、にこにこした。それで、一升餅《いっしょうもち》を背負わせたり(一歳の子どもに大きな餅を背負わせるという日本の風習があるる)、選び取りをしたりした(そろばん、金、筆などを子どもの前に置いて、どれを最初に手に取るかで将来を占うという日本の風習があ)。私たちは、一升餅の購入の際に付いてきたオマケのカードで行った。赤ん坊は、本のイラストのカードを取ったので、盛り上がった。作家か書店員になるかもしれない。いや、なんになったっていいのだけど)。

赤ん坊は日に日にしっかりしていく。もう赤ん坊ではなく、一歳の子どもだ。

進歩と言えば、ようやく拍手《はくしゅ》ができるようになった。拍手のことを「パチパチ」、あるいは「上手」という名前の行為だと覚えたみたいで、そういう声がけをすると、手を鳴らす。

食事中にスプーンを持つ練習をしていて、ごはんを掬《すく》って手渡すと、自分で握《にぎ》って口元へ持っていく。それで、

「上手」

と言ったら、ごはんの載ったスプーンをぽーんと床に放り投げて、拍手を始めてしまった。これからは拍手をしても大丈夫な状況下でしか「上手」と言えないのだな、と思った。

スプーンは少しずつ上達し、おにぎりやパンの「手づかみ食べ」も上手くなり、落とした米粒もつまんで食べる。

赤ん坊は食べることが大好きになった。

特にフルーツへの執着は尋常《じんじょう》じゃない。

先日、買ってきたキウイを袋ごとソファの上に置いておいたら、ちょっと目を離したすきに、赤ん坊が実をひとつ袋から出し、皮ごとかじり始めた。皮ごとでもおいしかったらしく、

「駄目だよ」

と実を取り上げたところ、ものすごく怒り、信じられないほどの強い力で私の指に嚙《か》みついてきた。

バナナなども、手の届くところにあると、皮ごとかぶりついて、一所懸命に甘さを楽しもうとする。

また、三度の食事の際、「ごちそう様」と言うと、必ず泣く。一度、かなり量を増やしてみてから「ごちそう様」と言ってみたら、やはり泣いたので、足りないわけではなく、楽しい食事の時間が終わるのがつらいのだろう。これも、「ごちそう様」という言葉が理解できるようになったのだな、と進歩と捉《とら》えて、あまり気にしないことにする。

いろいろな言葉をわかり始めた感じがするのだが、使用頻度《しようひんど》の高い「駄目だよ」という言葉はなぜか覚える気配がない。

それから、音楽に合わせて体を揺《ゆ》らしているところをよく見かけるようになった。童謡でもポップスでもクラシックでもなんでも喜んでいる。私の観察では、ｇｌｏｂｅとか、ＴＲＦとか、チャイコフスキーの『白鳥の湖』のマズルカとか、モーツァルトの『トルコ行進曲』とか、速い曲が好みらしい（ただ、さすがに速すぎて、リズムには乗れていない）。でも、ゆっくりな曲でも、それはそれで楽しそうに聴いている。

先日、桜が咲いたので、赤ん坊と私の母と三人で近所にある広い公園へ花見に出かけた。

とても大きな桜の木の下にレジャーシートを敷いて、家から持ってきたサンドウィッチを出した。赤ん坊用には、かぼちゃを塗って丸めた小さなロールサンドを作った。赤ん坊は喜んでつまんだ。

しばらくして、カップルがやってきた。ひとりは六十代と思われる大柄な男性で、風格がある。もうひとりは四十代と思われる女性で、いかにも年上の人から好まれそうな清楚《せいそ》なファッションのほっそりとした美人で、何やら楽器ケースを提《さ》げていた。この公園には大きな桜の木がこの木しかないので、二人は私たちの近くに腰を下ろし、弁当を広げた。盗み聞きしているわけではないのだが、会話が少し耳に入ってきてしまう。恋人同士だろうな、と予想した。女性が男性のことを「先生」と呼んでいて、でも、親しげに寄り添っている。どうも、三味線《しゃみせん》サークルの先生と生徒という関係の中で育まれている恋のようだ。やがて、女性が楽器ケースから三味線を取り出すと、男性が『さくらさくら』を演奏し始めた。

すると、赤ん坊が体を揺らした。なんとなく気まずいので、母と目を合わせたあと黙っていた。その曲が終わって、しばらくしてから別の曲が始まったら、また赤ん坊が体を揺らしたので、やはり赤ん坊は音楽が好きなのだな、と思った。

うちの近所の川沿いには綺麗な桜が並んでいるので、最近は毎日、赤ん坊を散歩させている。満開の桜の中をベビーカーを押しながら歩いていて、ふと、「もう、死んでもいいな」と思った。花や赤ん坊という生命力溢《あふ》れるものを見ているのに死を思うのは変だなと感じたが、「もう、死んでもいいな」という科白《せりふ》は様々な人からよく聞くありふれた科白なので、人間というのはことあるごとに死を思うものなのだろう。

単行本版あとがき

私は純粋な人間関係に憧れがあります。社会を生き抜くために手を繋《つな》ぐのではなくて、ただ手を繋ぎたいから手を繋ぐ、というような。たとえば、仕事の相談をし合わない仕事仲間とか、育児の情報を共有し合わないママ友とか、役割分担をしない夫婦だとか、そして、なんの得にもならない本を書く作家とそれを読む読者とか。思えば、そういう小説ばかり書いてきた気もします。

でも、現実を生きているときの私は、憧れに向かってまっすぐに進むことはできていません。情報がなくて困ったり、生き抜くことに困難を感じたりしています。結局、変なところで情報を得ようとしたり（たとえば、インターネットを必要以上に見てしまう）、人に相談をしないので失敗したり、純粋なつもりだったのにいつの間にか相手をコントロールしようとしていたり、色々失敗してしまっています。

とはいえ、ともかく憧れがあるので、エッセイを書くときも、決して「育児者同士で繋がって、子育てがし易《やす》い社会を作ろう」というのではなく、「育児に関係ない生活をしている人も楽しんでくれる面白い読み物を書きたい」と思いました。数字や商品名はできるだけ省き、あまり参考にならない本にしました。とにかく、心を開いて書きました。もしも、楽《はぶ》しい読書時間を提供できたとしたら、私は幸せです。

最後に、お礼を。

河出書房新社の高木れい子さんに依頼をもらわなかったら、このエッセイは書けませんでした。たとえ育児にまつわるものを書くことになっても、こういう方向を向いて書こう、という軸がなかなか定まらなかったと思います。

それから、装丁を担当してくださった名久井直子さん。実は現時点ではまだデザインを見ていないのですが、きっと素敵な本になると思います。

ヨシタケシンスケさんにイラストを描いていただけるとのことで、夢みたいです。

営業を担当してくださる河出書房新社の方々、製紙会社、印刷会社、取次会社、書店の方々とも、一緒に仕事ができて、とても嬉しいです。

そして誰よりも、ここまで読んでくださったあなたに、深く感謝を捧《ささ》げます。

ありがとうございました。

二〇一七年の春の初め　早朝の、子どもが寝ているうちに

山崎ナオコーラ

文庫版あとがき

ありがとう、子ども。大きくなったら離れていくのだろうが、今は、こんなにも親密な関係を紡いでいる。私の人生がこの先孤独だとしても、過去の親密さを思い出すことできっと凌《しの》げる。子どもはもうすぐ四歳になる。先日、さらに新しい子どもが生まれて、今、四ヵ月だ。

バカなことに、私は子どもを幼稚園に入れた。バカなこと、というのは、仕事人として、やってはいけなかったことなのではないか、と、今、つい思ってしまう。いそがしい幼稚園児と、新しい赤ん坊と共にいると、仕事の作業がまったく進まない。方方に迷惑をかけている。

でも、悔しかった。

他の作家の友人の子どもたちは保育園に入れて、自分のところにいる子だけが保育園に入れなかったとき、このあと、頑張って一時保育などで凌いだり、来年から保育園に入れたりして、追いかけても、似た道の、みんなよりちょっと悪い道しか行けないのだ、と思った。それは、芥川賞や直木賞を受賞している友人たちの、あとを追いかけても、似た道の、みんなよりちょっと悪い道しか行けないのと同じだ。だったら逆方向へ行ってやる。追いかけないで、後ろを向く。みんなに似ていない道を歩む。自分しか歩けないような、自分が足跡をつけるべき道、私に求められている道に踏み入ってやる。どうせなら、もっともっと子どもと時間を過ごしてやる。もっともっと出かけないで、行動範囲を狭めてやる。とことん、パソコンに向かう時間を少なくしてやる。メールの返信をしないままでどこまで仕事ができるかやってやる。大きな世界ではない、小さな世界を極めてやる。みんなが外国の大舞台で仕事をしているときに、私は家の中で仕事をしてやる。

先日、親子共に同い年の小林エリカちゃんと育児にまつわるトークイベントを行なった。そのとき、聴きにきてくれた人が、サイン会にも残ってくれて、拙著にサインをしている向かいで、

「小説家で幼稚園に行かせている人はきっと他にいないから、やるべき仕事がありますよ。今は大変かもしれませんが、五年後に書くことがありますよ。幼稚園は国の縮図みたいなものだし、考えたり気づいたりすることがたくさんあると思います。作品化されるのを楽しみにしています」

というようなことを言ってくれた。

希望の光だ。

育児は文学だ。育児という行為そのものが文学なのだ。子どもと共に考えごとをして、大人自身も成長して、社会参加しているのだ。

そして、社会は日進月歩のようで、仕事の多様性に対する認識の発展も目覚ましい。先に生まれた子どもは〇歳児クラスの四月に入所可能な月齢に達していなかったので申請できなかったが、新しい赤ん坊は〇歳児から保育園の入園申請ができる。この先に幼稚園に行かせるとしても、〇、一、二歳児のみを見る三年間の保育園もあるのだ。役所に相談に行った。

「でも、フリーランスだと、産休育休の加点が付かないので、難しいですよね？　上の子のとき、フルタイムとして認められて満点だったのですが、産休育休で会社員の方と差が付いて、落ちちゃったんですよ」

と私は言った。保育を必要としている度合いを点数化されるのだが、産前産後休業・育児休業を取得している人は、「休み明けに必ず復帰しなければならないから、切羽詰まっている」と思われるのか、点数がプラスされる。しかし、フリーランスには誰かから休みを認めてもらう作業がないため、社印を押してもらうような書類が作れず、たとえ産休育休のような状態になっていても、加点はなかった。多くの人が産休育休証明書を持っているので、そこが当落の分け目になった。

「いえ、今は、フリーランスの方からも、ご自分で決めた産休育休の期間を書いて提出されたら、それをこちらは認める、という流れになってきています」

と役所の人が言った。

「え？　会社からの証明書のようなものは必要ないんですか？　私だけが書いたものでいいんですか？」

「その職業に就いていることを証明するものは必要です。作家さんなら、出版契約書とかですかね。でも、産休育休についてはご自分が決めた期間をご自分で書くだけで大丈夫です」

社会は変わってきているんだなあ、と思った。会社員、それも正社員だけが「働く人」だ、という考え方は廃れつつあるのだ。

きっとこれから、契約社員も派遣社員もフリーランスも主婦や主夫も仕事をしている立派な社会人だと胸を張れる時代が来る。

そして、子育てしながら働くことにハードルを感じなくなる日も来る。

夫は今回、時短勤務はしておらず、通常通りに働いている。小さな会社は、どこだって大変だ。どうしたって、同僚にしわ寄せがいく。介護をしながら働いている人、持病を治療しながら働いている人、みんな様々な問題を抱えながら働いている。二回目の時短はしない方がいいと考えた。

夫自身も、おそらく、同僚の方々も、意識は高い。だから、私は、「男の意識」よりも、「社会システム」に問題があるのだと思う。

私たちは、育児だけではなく、親の介護、自分の病気、勉強、趣味、副業、考えごと、様々な事柄を抱え、人生を歩みながら仕事をしている。いや、人生を歩むことが仕事なのだ。いわゆる「労働」をしていないときも私たちは仕事をしている。様々なことをやることで、仕事が進展する。社会人として成長し、会社の利益に貢献することだってある。

だが、個人個人がそういう意識を持ったところで、システムが変わらなければ、実現は難しい。

自転車操業のように、あれをやって、これをやって、金をやりくりして、なんとか一ヵ月を凌ぐ。ひたすら「労働」して、みんなにも同じような「労働」をするようにプレッシャーを与えてしまう。

けれどもいつか新しい生活が始まって、輝くように仕事をするようになるのだと思う。

ＡＩの発展も、怖くない。新しい仕事が生まれるだけだ。

三歳児は地図を見るのと、物語を作るのが好きだ。出かけた先で地図を見ると、「今どこにいる？」と尋ね、「こう行ったら、ここだね」と指差す。夜は、キツネやタヌキやオバケやハニワやＵＦＯさんや枕返しやあぶらすましが、幼稚園に行ったり、火事が起きたり、停電になったりする話をひとしきり喋ってから眠る。人見知りなところだけが心配だ。

四ヵ月の赤ん坊は、いつもいい匂いがしていて、笑いかけるとニコニコ笑い返す。肌に湿疹ができているのだけが心配だ。

今が一番いいときのような気がする。でも、そんなことはない。きっと、未来はもっと輝いている。

二〇一九年十二月二十四日

サンタクロースの足音を聴きながら

山崎ナオコーラ

本書は二〇一七年六月、単行本として小社より刊行されました。
単行本初出　Ｗｅｂ河出（二〇一六年六月〜二〇一七年三月）
3・4・10・14・18・20・28〜30は書き下ろし

母《はは》ではなくて、親《おや》になる

二〇二〇年 三 月一〇日 初版印刷
二〇二〇年 三 月二〇日 初版発行

著 者 山崎《やまざき》ナオコーラ
発行者 小野寺優
発行所 株式会社河出書房新社
〒一五一－〇〇五一
東京都渋谷区千駄ヶ谷二－三二－二
電話〇三－三四〇四－八六一一（編集）
〇三－三四〇四－一二〇一（営業）
http://www.kawade.co.jp/

ロゴ・表紙デザイン 粟津潔
本文フォーマット 佐々木暁
本文組版 株式会社創都
印刷・製本 中央精版印刷株式会社

Printed in Japan ISBN978-4-309-41737-0